你，还是那个
鲜衣怒马的少年吗

付玮婷／著

北京燕山出版社

图书在版编目（CIP）数据

你，还是那个鲜衣怒马的少年吗 / 付玮婷著 . -- 北
京：北京燕山出版社，2024.6

ISBN 978-7-5402-7274-6

Ⅰ . ①你… Ⅱ . ①付… Ⅲ . ①散文集 – 中国 – 当代
Ⅳ . ① I267

中国国家版本馆 CIP 数据核字（2024）第 101445 号

你，还是那个鲜衣怒马的少年吗

著　　者	付玮婷	
责任编辑	杨春光	
封面设计	韩　立	
出版发行	北京燕山出版社有限公司	
社　　址	北京市西城区椿树街道琉璃厂西街 20 号	
邮　　编	100052	
电话传真	86-10-65240430（总编室）	
印　　刷	河北松源印刷有限公司	
开　　本	880mm × 1230mm　1/32	
字　　数	150 千字	
印　　张	8	
版　　次	2024 年 6 月第 1 版	
印　　次	2024 年 6 月第 1 次印刷	
定　　价	46.00 元	
发 行 部	010-58815874	
传　　真	010-58815857	

如果发现印装质量问题，影响阅读，请与印刷厂联系调换。

你，还是那个鲜衣怒马的少年

自 序　歌唱自己的光阴故事

在我应聘现在这份工作的时候，我的主管提的问题，我几乎都答不上来，但他还是让我通过了面试。过了大半年，我已经可以独当一面的时候，我问他当初招我进来的原因，他的回答让我措手不及："因为你是研究生。"

我当然知道，在我之前，这家貌似在业界很有名的上市公司，是没有一个研究生的。

"但是，仅仅因为这样吗？"我追问。

"当然不。我也考过研，但是我没有坚持下来，我知道那段时光有多艰难，能撑下来的人，就能顶得住大压力。"

2009 年的冬天，天不亮起来，在大雪飘飞的图书馆门口排队等开门，还要尽量早去一点儿，排前面一点儿，不然挤不上第一轮电梯，就很难占到最好的位置。我有个同学，就经常在挤不上电梯之后，爬上十五楼，中途不敢停下不敢大口喘气。

我不敢穿漂亮的靴子，因为会在图书馆光滑的木地板上留下响亮的声音，吵到其他考研、考公务员的同学。

长达半年的时间里，我没有逛过一次街。尽管冬天坐着容易冷，羽绒服穿着不够暖，我也只在学校门口买了件棉袄套在里面，穿得像只胖熊。

研究生现场报名那一天，北京下了深及小腿的雪，唯一的一双雪地靴湿透了，下午回来换了双薄秋靴就去上自习。去图书馆的路只有几百米，但地上的雪已经被踩实，很滑，我不知摔了多少跤才走到图书馆。

作为一个正是爱美、爱玩，对未来有着非常多想法的女孩来说，我以为那是我人生中最后一段毫无美感的日子。在每天重复重复的时光中，欲望被降低到最低的限度，又无限度地膨胀起来。

工作后的第一篇稿子，我飞到杭州，坐车跨越整个城市的对角线去采访，回宾馆的时候正值晚高峰，堵得一塌糊涂，疲惫加晕车，我跪在路边吐了很久。那天，是我二十六岁的生日。

后来，还有过许多艰难的，看不到头的时候。晚上十点精疲力竭回到郊区的宿舍，整理采访录音到凌晨三点，七点交完稿后洗把脸，再坐两个小时的车去赶另一场发布会。圣诞节，到处张灯结彩，我抱着笔记本电脑架在路边的垃圾桶上面，肩膀夹着电话采访，双手飞快地打字。

公司要拍微电影，因为我去还可以顺便写稿，便让我做其中的志愿者角色。那三天，我挽着裤腿走梯田，被水蛭咬出一个个血窟窿，在被七月正午的阳光烤得发烫，露天稻草做得铺顶的菜场肉案台上，我写完了所有的花絮和手记。

到底要有多努力，才能看起来毫不费力？

从象牙塔到现实社会中，总免不了遇到许多撞南墙都回不了头的时刻，也总会有心尖滴血表面却还要装作若无其事的瞬间。

有人说，经得起多大的诋毁，就受得起多大的荣耀。但你要知道，不是每份耕耘，都能有收获，哭泣的孩子不一定会有糖果吃。不吵不闹不炫耀，不喊委屈不怕嘲笑，也不一定能够得到救赎。但这就是成长，你必须一个人去面对。初尝了成长带来的自由鲜美的同时，我们都需要付出对等的沉重代价。

你大概会因此觉得，自己变成了小时候最鄙视的那一类人：圆熟、谨小慎微、表里不一。但你有没有想过，那是你披荆斩棘后长出的保护壳？

成长的意义在于，你有能力去保护自己心爱的东西，你可以走得更远，去探访更纯净的诗和远方。你不再只是蜷缩在蜗壳里，一有风吹草动就瑟瑟发抖。

成长没有明确的定义，是一个人必须要面对从职场到情场的许多事，也必须学会选择和放弃。人生的每一个阶段，都有不同的美景。只有告别了纠结，才能轻松上路，继续前行，享受成长带来的不同喜悦。

经历过那些以后，你会发现，上级对你说的话从"做完给我看一下"到"不用发给我了，相信你的水平"，爱人对你的责问变成了体贴，家人从"我就知道你一个人没法好好照顾自己"到"看到你这样，我就放心了"。你知道，你生命的暗角已经洒满阳光，阴影全部消散。

愿你在书里看到自己的影子，愿你能走更少的弯路，愿你在兵荒马乱的成长里，从容地面对所有的考验和为难。总有一天，你发现自己能笑对大部分坎坷和困境，你发现这比自怨自艾感觉好得多，你不再抗拒自己成为这个样子。

你会知道，当初在爱情里盲目自信过的，在青春里摸爬滚打过的，最终都会成为今天幸福的感激。

Chapter 1

日晚春风里，
衣香是谁？

我要的拥抱，触手可及

对于罗新婷来说，最渴望的就是能跟心爱的人穿着婚纱走进教堂，举办一场只有亲朋好友到场的婚礼，再生一个大眼睛的可爱女儿。当然，那个心爱的人不一定是宋以朗。

十六岁时候的初恋，她从没想过他们未来的样子。他们写过比《红与黑》字数还要多的信，从课堂上拜托同学传纸条，到每个晚自习后交换书信。"喜欢你"是说过的，但"爱"是什么，没人敢提起。未来就像是昨晚那场梦里远方的桥，很远，云雾缭绕，有非常陡峭的山涧。谁都不知道要不要踏上那座桥，去看看山后面是什么。

那时候的感情像什么呢？

是罗新婷生日的时候宋以朗送的一大盒糖果，还是宋以朗说自己是双鱼座，罗新婷就绣了幅歪歪扭扭的鲤鱼刺绣给他？也许都是，也许都不是，但每天吃一颗糖

果感到的甜蜜，以及把刺绣悄悄压在枕头下，幸福到梦里开出花来的日子，却是真真实实刻在彼此的记忆里，许多年都未曾磨灭。

宋以朗第一次吻她的时候，高考刚刚结束，北方小城六月底的夜晚，风吹得人很舒服，她靠在宋以朗的肩上，像喝了酒一样微醺。

谁也没有说话，不知过了多久，宋以朗突然低下头，她感觉有柔软的触感落在嘴唇上。

罗新婷的脸几乎要烧起来。那是他们的第一次亲密"接触"，爱情走到那个时候，令人尝到不带杂质的甜美，和初夏的晚风一样，汹涌又沉醉。

罗新婷做过很多现在想想都觉得傻得不行的事。

比如，宋以朗开学后，罗新婷就住到学校对面的闺密家，用刚买的望远镜偷偷寻找着他的身影；比如，在两人异地恋的半年多里，她几乎每晚都抱着毕业离校那天偷偷从宋以朗抽屉里拿走的那本物理笔记本睡觉，因为那上面有他的字迹，还有他在最后一页写着的"罗新婷我会一直和你在一起"；又比如，她到宋以朗的学校看他，总是站在他上课的教室门口等着，就是想以这种姿态告诉他新班级的小妹妹：他已经有我了，谁都不要惦记。

分手来得很突然。大一下学期的情人节，她有些娇嗔地给宋以朗发短信：这是我们第一个不在一起的情人节，好想你。她还没来得及发下一条"你可不可以来看我"，就收到宋以朗的一条短信。

罗新婷不太记得具体措辞是怎样了，大意是，高中班主任说得是对的，我们上大学了还是会分开，虽然很对不起，但还是不想耽误你云云。

罗新婷真的没有感觉到任何要分手的预兆。如果硬要说有，好像是前几天宋以朗上课时一条短信误发给她："那你为什么要剪短发呀？"带点撒娇意味的聊天语气似乎在宋以朗和她之间很久没有过了。

也是过了很久，罗新婷才知道，但凡男生主动说分手，那一定是有了新欢。可在当时，罗新婷的震惊远远超过了那个夏夜的吻。

那时正在热映《失恋33天》，她一个人在影院哭出来，电影里放："你可不可以原谅我，可不可以再等等我，前路太险恶，请别放弃我。我不再要那些一击即碎的自尊了，我的自信也全部都是空穴来风，你能不能原谅我。"

是的，在刚刚分手的那一个星期里，她也曾经如此没有尊严地去挽回、请求过。

那时，罗新婷在图书馆新办了张借书卡，把密码设成了宋以朗生日。和同学聚会，在KTV同学唱了一首《我们说好的》："我们说好绝不放开相互牵的手……"灯光昏暗，她的眼泪直直地流下来，谁也没看到。

后来她还是知道宋以朗有新女朋友了，是通过QQ空间他换签名的时候和另一个陌生女孩亲密地互动留言。她当然也有过一瞬间的愤怒和怨恨，但是很快又化作了对自己的指责：一定是你不够聪明，不够活泼，不够大方，不会化妆，不会跳舞……甚至，肯定是因为你没有留那样温柔的长发。

罗新婷偷窥过他和那个她的微博，用"悄悄关注"来看他们每天的更新，几乎都是彼此的互动，亲昵的称呼，那个时候，罗新婷简直要觉得自己心理扭曲，这么来折磨自己让心更痛，到底是为什么。但她控制不住，还假装以同学的口吻在微博评论里留言，同时每天都去翻那个女孩的QQ空间、人人主页，想找出更多她的资料。

直到她终于意识到，自己生出了一副让自己都厌恶的嘴脸，就像灰姑娘那些恶毒的姐姐一样，她才停下来。

不再关注那些信息的日子，罗新婷像脱下的蝉壳一样空虚，只能用"那个女孩长得有点像我，说不定是我不在时候的替代品"来说服自己。她的课余开始和朋友约天南地北地玩，在社交网络上故意装出一副花痴的样子，称赞别的男生，有时还转发肌肉男的照片。罗新婷后来索性用做了三个月家教的钱，办了张健身年卡，每天下课后在健身房里累得死去活来。

她当时的念头很简单，要让自己变瘦，变白，变漂亮，就是为了有一天倘若在街头遇上了，能在他后来女朋友的面前扬眉吐气。

有一天，她从学校外面回来，在公交车上，司机一个紧急刹车，她下意识地握紧了手环，但还是倾斜了大半到旁边人的身上，而不远处的一个女孩，就软软地倒在了男朋友的怀里。

刚到这个城市上大学的时候，罗新婷多次乘公交车，都遇到过这样的情况，那时候她总是在想，要是宋以朗在就好了。而那一次，她松开因为太过用力而发白的手指，并抱歉地和旁边被自己撞到的人说对不起的时候，才发现自己真的已经不在乎身边是否有宋以朗扶着了。

在她大学毕业离开那座城市的时候，曾想过去图书馆销卡取回押金。当按照系统要求按下六位数字后，她才意识到自己刚刚输入的六位数字是什么。

罗新婷回到家乡工作，在单位要求的计算机等级考试的报名处，认识了一个和自己一样喜欢五月天的男孩。

那年五月天的鸟巢演唱会他们因为考虑到价格因素，买的情侣套票。演唱会进行到快要结束的时候，周围一对对告白的、求婚的，让她感到有些落寞，这一幕都是她曾经设想过和宋以朗一起做的，只可惜身边的人不是他。

她想，也许这就是上天的安排吧，她对自己说，如果阿信最后返场唱了《拥抱》，她就对身边的那个男孩表白。

演唱会接近尾声，阿信如往常一样在一片安可声中返场，所有人都在大喊着要阿信唱《拥抱》，罗新婷的心跳得有些快，会场安静下来，阿信开口唱了:《仓颉》。

原来上天是这样安排而已，罗新婷居然松了口气，脑海里的一切突然变得清晰无比。当她听到阿信在台上唱着"一颗葡萄有多甜美，用尽了所有的图腾和语言描写，多遥远、多纠结、多想念、多无法描写，疼痛和疯癫你都看不见"时，她

知道自己终于放下了。虽然还是有想念，但是那些想他看见自己有多伤心，想他舍不得，幻想了一万遍缠绵悱恻的时光，真真切切地过去了。她也不需要一定要有一个人，马上来替代宋以朗的位置，不管他离自己有多么近，这一刻有多么温情。

七岁的时候喜欢古筝，就算手指生茧也要在台上表演一场；十二岁的时候喜欢画画，即使只能一个人待在画室里对着石膏看着小伙伴们出去郊游也要继续下去；十六岁的时候暗恋过的人在一起，受过伤，也流过泪。回头看已经过去的岁月，喜欢的东西总让自己感到疼痛，但幸运的是，那些事情和人都无一例外让自己变得更优秀或者更强大。因此，就算被伤害，也无妨热爱。

罗新婷把那本封面印有凡·高《夜间的露天咖啡馆》的物理笔记本锁到抽屉里，展开一本新日记本，在扉页上写道：

要保留精力去迎接那个未来对的人，要让自己变成值得爱的人，而不是将精力随便浪费在一个人身上。

感谢那个足够勇敢的自己

第一次和安亦凡单独相处，实际上是出于一个善意的误会。

约了几个要好的朋友一起去演唱会，朋友们以为程小青早就对安亦凡有意思，为了给他俩制造单独在一起的机会，偷偷买了不在一个区的票，而程小青到门口检票的时候才发现。那个时候，她其实还没完全从上一段伤心的感情里走出来。

在那段失败的初恋里，程小青曾一度陷入苦苦地盼着对方回话，只要他回话，就像是恩赐的卑微心态。是的，就像是古代君臣的相处。因为君情薄，朝承恩，暮赐死，相处以来战战兢兢，如履薄冰。

因此后来他们分手，她反而觉得轻松了："我以后都不用提心吊胆他会离开我了。"

从前同他一起去过的餐厅，后来又刻意跟其他人去过几次，不动声色却都点了以前和他一起吃过的那些菜。有人疑惑"这好吃吗"的时候，急忙强调"这个真的很好吃"，即使自己吃起来也觉得一般般。

正如那份连自己也觉得是鸡肋的感情。

或许，一生中只有那一天，那一份特别好吃，因为那一天，爱情正好，你的眼神融在食物里，成为永远不会变质的甜蜜。

后来听人说，要找一个温暖的男生，包容你的缺点，爱你的一切，不管怎么生气，都不舍得说你骂你，你害怕的时候会抱着你。

女人的感情总是以获得爱的满足为主旨的，而安亦凡就是这样的一个人。

他们其实是一个导师带的学生，每次布置论文的题目相似，只是不同角度。

他们一起在图书馆找资料，程小青总是走神，或者忍不住翻到小说就看得忘记时间。安亦凡总是在找自己资料的时候，看到跟程小青论题相关的，也给她复印一份；温柔地告诉她某某资料在哪个书架第几排，在她踮起脚也够不到书的时候，帮她取下来；提醒她论文的截止时间和答辩的各种流程，连寄送论文给答辩老师，都不用她跑。

一起为同一个目标努力，在外人看来总是充满着暧昧吧。而且，她每次看他写的样篇都心生崇拜，那一点点的喜欢就这样一天天生根发芽。

让程小青感到疑惑的是，除了找她讨论，其余时候安亦

凡几乎都没有找过她，周末也一次都没有约过她。她以为对方矜持，而自己也不好意思主动去约男生。

直到有一次，安亦凡终于主动给她发信息，问她是否在宿舍，宿舍里是否还有别人。程小青收到信息的那一刻心里小鹿乱撞，回了条信息说宿舍没人。结果下一条短信不仅击破了她的期待，还有她长时间以来的幻想。

安亦凡说："外地的女朋友过来了，我现在有点忙，可不可以让她先到你宿舍里坐会儿，洗个澡？晚上我再过来接她。"

程小青这才知道，安亦凡是有女朋友的。

因为前段感情失败的防御机制瞬间打开，程小青陷入愤怒，你有女朋友，为什么还对我那么好？转而又想，安亦凡怎么对自己好了？不就是自己迷糊，他看在导师的面子上多帮自己一把？人家也没说什么吧？但是马上又委屈起来，他总看得到自己眼里的崇拜和好感吧？其实他是故意没挑明吧？

不管怎样，自己已经没办法再像以前一样撒着娇缠着他一起上课上自习写论文了。而对于程小青的"刻意"避开，安亦凡似乎也毫无知觉。程小青又伤心了一段时间，才慢慢走出来。

没有真正在一起的关系，不会像从前那样伤人，痛苦程度也没有那么深，只不过程小青始终不明白，那些天长日久的相处里，明明感受过安亦凡对自己格外温柔的目光和两人之间独有的默契，许许多多的共同话题，这些，都是错觉吗？

后来，安亦凡准备出国，班里组织了一场小型送别会，程小青也去了。晚饭的时候安亦凡举着酒杯过来，说："程小青我们喝一杯。"然后就自己先干了。他甚至没有注意到程小青杯里根本没有酒，就被别的同学叫走了。

程小青有点难过地想，虽然知道他有女朋友之后就没怎么来往，但是再次见面说话已是这样的场景，真有点失望。

没想到的是，饭后安亦凡走过来，问程小青接下来有没有空，要不要一起回学校走走。那天的夜色昏黄温柔，就像她憧憬了无数次的拥抱。他们慢慢地踱着步，很少说话，也不问未来，偶尔手臂的皮肤轻轻碰一下，又刻意走开一点儿，暧昧得就如曾经的他们。

程小青心里有些感慨，想起了那些和安亦凡从图书馆看完书回宿舍的路上，他一页一页翻开纸张给她解释和提醒的画面，就这么扑面而来，时光如水，将心事撒得一地都是，捡也捡不过来。

　　后来他们稍微聊多了一些，程小青也说了些自己对感情的想法，和前男友的一些事，而对安亦凡曾经的那些好感，始终压在心里没有说出来。

　　安亦凡默默地听完她的叙述，用感慨的语气说："程小青，你真是个好姑娘。"

　　还好那会儿在天桥上，风很大，安亦凡没有看她，不知道她心里一瞬间苦得想笑，笑到嘴边又变成了泪差点

掉下来。她知道，好姑娘，就跟女孩子常拒绝男生的词一样，也是一个泛滥到没有掺和任何情感的评价。

真正的死心，大概就是在那一刻。

她终于接受，在这一段朦胧得什么都看不清的感情里，真的什么都没有。人人都想要暖男，暖男确实有，却不一定是为她程小青准备的。并不是说自己想要什么样的温暖，就能得到什么样的爱情。

没有人是为自己量身定制的，也不是所有生活在同一片海里的鱼，最后都能结伴同行。真正解决问题的办法，是自己去成为那个值得爱的人，然后等待对的人。

最初的相遇，最后的别离

我们还小的时候，以为世界和数学题一样，总有一条路是对的，总有提示告诉我们怎么走。当我们看到的世界越来越大，就越来越明白，无论什么东西，无论多么想要，它都不会原模原样地来到你的手心。世界捉摸不透，和爱情一样。

故事的主人公小群在二十岁那年爱上了一个姑娘。塞林格说："有人认为爱是性，是婚姻，是清晨六点的吻，是一堆孩子。也许真是这样的，莱斯特小姐，但你知道我怎么想吗？我觉得爱是想触碰又收回的手。"

我以为这就是小群对七七的感情，对，就是那个高中高他一级，第一年高考落榜后复读，上了和他一样的大学，分在同一个班的姑娘。

如果这份爱情来得再早一点儿，或许成全的是一段青涩的初恋，如果来得再晚一些，或许就掉入叔本华所说的源于生殖冲动的爱情陷阱了。所以有些人的缘分，就是来得刚刚好。

七七是个极文艺的姑娘，小群反反复复地说这一句话。她画一手好画，写一手好字，英语和法语都说得极溜，连说笑话的时候，眼神都俏皮迷人；她喜欢博尔赫斯，喜欢叔本华，喜欢摇滚，如果一连好几天看不见她，也许是又翘课去北京看音乐节或者去听音乐会了。

如果说每喜欢一个人就学会一种技能的话，大概每个人活到后面都能技艺满身了吧。但实际上，只有在最初爱上一个人的时候，才会迷恋似的去学他最擅长的画，读他爱读的书，听他喜欢的音乐，和他一同喜欢某个明星。小群说，一直到现在，我看书听歌的口味，写字的风格，都是二十岁的时候在她影响下形成的。

二十岁那一年到底发生了什么呢？

小群这几年已经很少回忆从前了，只是有时候喝醉后会想起当年仿佛发生了很多事，又有很多事渐渐平静，很多人出现了又消失了，有人拉住他的手又放开，但是那些熟悉的面孔，都模糊得想不起来了。他早已不记得那些故事的真伪，只记得那些笑的模样，留香的美好。

他记得那一年圣诞节，他约七七出来吃饭，因为晚到了十分钟，被七七抱怨了一个晚上，直到他送七七回宿舍，七七板着脸不愿说拜拜就转头走了。直到现在，小群在每一次约会有可能迟到的时候都会感到紧张，害怕被喜欢的人苛责。那些因为年轻而敏感的细节被放大到他现在的生命里，隐隐作痛。

毕业那场狂欢中，小群每天都在和不同的人喝酒。最后一晚他约七七来，说："我要去北京了。"七七说："我知道。"小群期待她再说一些什么，又很害怕她再说一些什么。

　　久久的沉默以后，七七说你要没什么事我回去了，小群说好。他看着她上楼，在楼下站了三个小时，烟蒂散了一地，午夜后他才转身去了最好的几个兄弟的场子喝酒。

　　那一天他喝得很凶，走出酒吧时他眼前一片模糊。后来他被送进了医院，发高烧，胸腔积水，几乎全班同学都来看他，只有她没来。他很淡然，好像她没来才是正常的。

我问小群："如果当时她要你陪她去另一个城市，你愿不愿意？"小群说他也不记得当时是怎么想的了，但如果真的回到从前，他也许还是不会放弃去北京。

对小群来说，毕业就相当于青春的散场。往后的时光里，他奔走于熙熙攘攘又冷漠的城市，工作、赚钱、拼酒、恋爱。

他知道光怪陆离的灯光下他的内心变得不再单纯，连自己都不愿意面对。

小群也有过一段很长时间的恋爱。他每天开车到她上班的楼下，开着暖风等她下班，为她开车门，一起去人少的地方吃饭，听她讲她们公司极品老板的笑话。

他们在一起四年，他以为结婚是顺理成章的。有时候他也觉得这样的生活很平淡很乏味，但是当时老狼在唱，一万个美丽的未来，抵不过一个温暖的现在。

后来他跳槽进入一家业内最好的公司，到另一座城市培训，也许是繁华再次激起人的欲望，他又开始约会各种姑娘。而几乎与此同时，他发现他的女友也出轨了，他们最终分道扬镳。

我问小群是不是对爱情很失望。他说，这世上，有些人，走着走着就散了，浮生若梦，青春与爱都在时间里一去不回了，很难说二十岁那一年算不算爱情，但是现在你看，谁还会动情和认真。爱情不是时间名词，可爱情是什么？

直到那年春节，一个老友邀请他参加婚礼，末了说，七七也会来的。他一时语塞。犹豫多日，老友婚礼前夜，他收到一条陌生号码的短信，你明天去吗？后来他们约在"老地方"见面。那天他等了很久，打了无数个电话，他几乎认不出她来。

那天晚上他们喝了很多酒，说了很多话，那些被尘封的细节像刻意收藏起来的潮湿旧信如约被打开，他无比清醒又悲伤地发现，那么多年来他一直在那个人的照片上滑倒、踉跄，而旧时光真的已经是人去夕阳斜了，遗憾远远不能描述这些年横亘在彼此中间的大片空白。

后来他们都喝多了，小群没有亲自送七七回家，而是拜托了另一个同学。小群回到家后，犹豫了很久，最后还是借着酒劲给七七发了一条短信：

"我一直犹豫要不要告诉你，你是这个世界上最让我心疼的几个人之一，没有人让我有如此长久和深厚的惦念。不管你相不相信，也不管你会不会嘲笑我的酸腐和卑微，或者对你来说可能毫无意义。我只是希望在以后的某个时刻，你想起我和那些时光，还会有一点点，青春的温暖的感觉。仅此而已。"

七七打电话过来，小群一接起来就听见她的哭声，小群也哭了。挂了电话，七七给小群回了一条短信，她说："对于我来说，你不是毫无意义，否则我不会哭着给你回复。一切如你所说，我想你懂得。"

屋檐下辗转不眠的沉默，一首一首的歌静静地流过，那些年月，彼此都珍惜过在一起笑过的时光。在最年轻的时候他们曾自娱自乐地演出，不能自拔也不能退出，然后时光淘沙，谁也回不到最初，就像那句话说的，再见，我们曾一起出现的时间，还有下落不明的此后多年。

小群想起毕业第二年七七来到北京，他带她去听一场现场演唱会，当时还籍籍无名的歌手，唱着一首一年后会流行起来的歌。他一时恍惚，却听见她在身旁跺脚说口香糖粘在了鞋底。后来她回上海，他一个人走在夜幕垂下的护城河边，看见月光如盐撒在生锈的秋千上，他走到凌晨，空旷的北二环上风声呼啸，他终于觉得冷。

也许有些悲伤从来就不会有答案，曾经在照片上的那张笑脸，陪伴我们漂洋过海经过每一段旅程，我们用来守护自己的天真。

也不是说那个人有多么好，而是那时我们正年轻。

时光淘洗掉所有的不愉快，那个人被我们自己的想象打磨成了最完美的样子，变成多年来纪念爱情的标本。

在爱情里低到尘埃过，在青春里摸爬滚打过，也许是这一生中最惆怅的回望时光。留下的究竟是什么，已无所谓。总有一些人，一些事，会是我们心中永远的秘密和幸福。

有些人，只能陪你走一程

汤圆和晶晶是在一个群里认识的。汤圆比晶晶小一岁，还在念大学。除了专业成绩不错，实在没什么出彩，样貌一般，也不招女孩子喜欢。

彼时晶晶已经名牌大学毕业，在西南一所当地很有名气的中学当物理老师，她较一般女孩聪颖，数学玩得出神入化，加上生性开朗，圈子里尽是当时的汤圆想都想不到的精英。

当时他们还在一个官方群里，因为相同兴趣走到一起的一群人，后期却因为各种利益分成了彻底的两派，群内一时乌烟瘴气。

由于聪慧和大姐大的范儿，晶晶在群里有不少追随者，在一次前所未有的激烈争吵后，晶晶愤而带领一帮资深"元老"退了群。过了几天，汤圆找到晶晶，给她一个群号，邀请她过来聊聊。

晶晶和汤圆并不熟，但碍于情面又一时无聊也就加了。等她进群一看，除了汤圆，群里全是曾经在官方群里和她要好的"元老"，簇拥明星般的感觉让晶晶又意外又备觉温暖。她不知道，为"凑齐"那么多人，原本在官方群默默无闻的汤圆是怎样费尽心思口舌，甚至去找和晶晶吵过架的人问联系方式，还遭到不少白眼。

那时的晶晶对于汤圆来说，就是女神一样的存在。

他小心翼翼地照着她擅长的方向找话题和她说话。为了引起她的关注，汤圆和她比赛解物理题，加入她的圈子，和她的那些"精英"朋友聊物理、聊数学、聊经济，并且私底下恶补各种超出他专业能力的学科知识。他敏感又自尊的心里，希望有一天自己能与她相衬。

年轻的时候，我们仿佛总是有无限精力，努力的拼搏只为了让仰视的人低头看自己一眼。慢慢地，晶晶开始会和汤圆说工作上的烦心事，和异地男友闹的别扭，汤圆总是安静地听她说完、消气，然后给她讲笑话。那一阵汤圆挂在 QQ

上的签名是：我想把所有的开心都移植到你的心里，你的记忆里。

晶晶的性格其实是有点高傲，也许是因为一直比身边的人更出色一些，她的大多数朋友都来自于各地结交的同好，身边同龄的朋友倒是很少，可谈心事的更少。

女人大概总是需要一个年龄见解差不多又耐心的男人来给自己的生活提点意见，因此，慢慢地，晶晶越来越依赖汤圆。

有时我们以为，只需要被这一个人看到就够了，只需被看一眼。但现实中，一眼万年之后，我们会想要更多。汤圆提出见面，晶晶拒绝，并拉黑了他。

他想：以前没我，现在没我，将来，也不一定有我吧。被这种徒自黯然的情绪影响着，他想，要不，就到这里吧。

汤圆在这种情绪里沉寂了整整一个星期。刚开始，他把所有与晶晶有关的东西都丢弃在一边，顿时觉得轻松很多，他想，也许那些让人无所适从的、沉重的辨不清方向的东西，本来就是不该得到的。但是这样自我安慰没过几天，想念和回忆开始铺天盖地，他才发现，在那些夜以继日的陪伴中，他早已深陷其中。

他用最快的速度登录QQ，重新加晶晶为好友，等不及她验证通过，又迅速打开网页订了一张三天后去K城（晶晶所在城市）的机票。订完机票后，他心潮澎湃，像是要完成什么壮举，他激动地给晶晶发了一条短信，只有四个字：我去找你。晶晶很快地回了条更简短的：他来了。汤圆拿着手机一下就僵掉了。

"他"是晶晶的前男友，晶晶因其出轨的行为伤透心并毅然决然提出分手。汤圆还曾称赞晶晶是在这件事上难得一见不拖泥带水的女孩子。但是现在，"他"回来了，汤圆拿不准晶晶会如何对待，他打她电话，她接起只简单说了几句就挂了。汤圆懊悔自己上个星期的犹豫不决导致别的男人捷足先登。

对，就是这种一脚踏空的感觉。

在这个时候，非典蔓延，短短几天，汤圆所在的Z城找出三名疑似病例，学校开始封校，暂停上课，大规模的恐慌反而给在校的学生带来了末日般的自由感。汤圆困在学校里躁动又不安，也联系不上晶晶，索性再次订了去K城的机票，时间是一个月后。

他想，万一到时候非典还在持续，我死也死在她的城市。

大概年轻时候的爱情，总是以为轰轰烈烈甚至以死相证才能以此表征。订完机票后汤圆反而冷静了下来，春末夏初的五月，地处北方的Z城下起了零星小雨，纷纷扰扰像是愁绪又像是信号不好的电话那一头传来的哽咽。

这个时候的汤圆已经是大三下学期的准毕业生了。一年多来他像打了鸡血似的拿了国家奖学金，考了各种各样的证书，不再沉迷游戏，在学校辩论赛、学院晚会上大出风头，班里的女生突然发现这个入学以来一直不出众的男生拾掇起来还真挺耐看的。学校里的学妹们也开始打听这个之前从来没听说过的学长。

汤圆偶尔也会和这些女生调情打趣，但是从来没有想过除了晶晶以外再去追求什么女生。

他想起他第一次和晶晶提出想要见面的时候说，有什么怕的呢，让我单身一阵子和单身一辈子都不是最可怕的，最可怕的是一直没人让我真正爱过。春天是短暂的，但是更短暂的是青春和感情，我只想和你在一起。

后来的情形没有意外的惊喜，晶晶不愿见他，他一开始住在晶晶宿舍附近的宾馆，后来住不起了，搬到学校附近六十元一天的小租房。

他不知道晶晶什么时候才能处理好自

己的事情，也不知道晶晶哪天才愿意见他，无望的孤独一天深似一天，他不再待在屋里，每天都在外面逛到月挂中天实在困得不行才回去睡觉。

在K城的第十五天，汤圆逛到近一点才回来，却被门口一个黑乎乎的人影吓了一大跳。

那个人的四叶草手链晃了晃汤圆的眼睛，他蹲下来问：晶晶？女孩没有回答，伸手抱住了他，他这时才发现她满脸的泪水。汤圆不再追问，把晶晶扶进了房里。

第二天，阳光透过薄质窗帘直射眼睛的时候汤圆才醒过来，晶晶已经不在了，他揉揉发麻的胳膊，看见枕上有两根长长的栗色的头发。

汤圆回到Z城后，把准备考研的书都收进了箱子，开始做简历，关注K城的所有招聘。他给晶晶写了一封长信，末了说："以前我仰慕你，我不想让你觉得我无知幼稚，我付出的所有努力只为了表现自己。现在我明白了，爱不是我告诉你我忍不住，控制不住，而是我真心实意地想对你好，我愿意承担你，我愿意对你负责。"

汤圆几乎每天都给晶晶留言，晶晶倒是没有消失，经常会在群里和大家说话，但对汤圆总是很冷淡。终于有一天，晶晶给汤圆发了一句私聊："作为你的一个朋友，我发自肺腑地跟你讲别做这些无聊的事。"

脾气一向极好的汤圆在那句话面前几乎恼羞成怒：我算知道里面有多少层意思了，第一，我仅仅只是你的一个朋友；第二，"我发自肺腑"的意思是"我真的特别烦你，我不想说第二遍"；第三，"别做这些无聊的事"，现在的我做任何事对你来说都是无意义的，你就是把我当一个备胎而已。

但仅仅愤怒了一会儿，更大的委屈和失落铺天盖地而来。汤圆终于哭了出来。在 K 城形单影只的落寞，每天醒来和梦里都甩不掉的同一份思念，想要为对方负责而不顾家里反对做出的决定，因为一个人想让自己变得更强大的努力，百味杂陈无人可道。有什么办法呢，总有东西不是以付出多少来论成果的，爱情尤为如此。

就像是在河边钓鱼，他买来上好的鱼饵，小心翼翼地等待，不仅没有鱼儿上钩，甚至水面平静得根本没有鱼来碰他的诱饵，他不知道是哪出了错。

他找来世界上最好的鱼饵，一次一次地更换，总觉得再下一种一定可行。他说，他不能很坦然的将其视之为沉没成本，无论是经济还是爱情。

汤圆报了 GRE 班，没课的时候要么埋头图书馆写论文，要么做简历去应聘，花新的心思和不同的女孩搭讪，用各种事情来中断妄想和寻找归属感。

他睡觉还是习惯把手机开着放在枕边，但半夜不再迷迷糊糊去找手机看是否需要及时表忠心。接踵而至的各色人马和日程安排，让他觉得安心。生活好像从这里开始才是正轨。

只是梦境是无法欺骗人的。

他无数次梦见翠湖的红嘴鸥，梦见在西南联大旧址看碑文，梦见仲夏的夜晚那张难忘的脸，梦见隐隐约约的窗外的云。

每个梦的最后他都轻轻地抚摸那种记忆里的月牙的脸，对她说，我知道明天又是一无所有地醒来，但是梦里我也要拉紧你的手，一昼夜好短，我只想抚平你的无助和泪痕。

再次踏上 K 城已是签了当地一家大型国企之后。汤圆曾在看到 offer 的一瞬的错愕和惊醒中问自己：真的要去 K 城了吗？然而他也仅仅只是考虑了三天。事实证明，他还是思虑过多了，因为还没等他到单位报到，晶晶已经迅速地把自己嫁出去了。

男方是英籍华裔，就叫他 J 吧，他是在中国旅游时认识晶晶的，两人一拍即合，认识不到一个月就闪婚了，他们商量好先在中国住一段时间，等晶晶签证下来就随 J 到英国生活。

汤圆知道这个消息后反而很平静，婚礼那天他忙于入职手续

没有到场，还托人送去了红包。晶晶在查点时看到汤圆送来的红包正面是客客气气的简单祝福，背面用圆珠笔画了两个交错的环，像是两枚叠在一起的戒指。

汤圆和晶晶之间的距离随着晶晶的结婚仿佛消失了，他们聊天，没人再提起从前，晶晶不再和汤圆讨论物理和数学，只是偶尔说说婚后的琐碎事，汤圆也不再像以前那样努力迎合或者费力安慰，大多数情况下只是安静地听着，完了说句，不早了，休息吧。

正在晶晶办好签证准备出国的前夕，晶晶的妈妈出了车祸，万幸的是抢救过来了，不幸的是因为剧烈撞击脑部受伤严重，诊断为精神障碍重度痴呆。晶晶听到这个结果哭昏了过去，醒来第一件事就是跟J说，对不起我暂时不能跟你一起去英国了，我妈妈需要我的照顾，等她恢复我再去找你。J同意了。

护理这样的病人有多艰辛大概只有当事人才了解，晶晶早已辞掉学校的工作，每天在家里照顾妈妈，汤圆去看望过她妈妈，并且时常在空闲的时候过去搭把手。后来，随着汤圆的工作越来越出色，半年不到他就破例转正了。工作越来越忙，他渐渐地就很少去晶晶家了，只是在晶晶诉苦的时候轻声安慰两句又投入工作。

有一天晚上，汤圆正在公司加班，晶晶突然打电话来，第一句话就是，我太累了，我大概等不到去英国了，我想离婚。

汤圆愣了几秒："他不等你了吗？"

"他说愿意等我，只是建议我最好把我妈送去疗养院，他可以省吃俭用供我妈接受最好的护理。"

"挺好的呀，你们老分居也不是个事。"

"那是我妈妈啊。我怎么可能抛下她，自私地去过自己的生活。"晶晶伤神地说完这句，正当汤圆不知如何接话时，晶晶幽幽地说了一句话，汤圆才是真的愣住了。

晶晶问："如果我离婚了，你还会要我吗？"

汤圆半晌才开口说道："如果你当初选择的是我，也许你今天就不会那么辛苦了。"

不等晶晶回话，他接着说："但也只是如果罢了，好好珍惜现在的他吧。"

挂了电话之后，汤圆看向窗外天空上淡淡的云，和他当年还是学生的时候来 K 城看到的一样，但是此刻他的心像卸下一直以来最沉重的心事一样轻松。他知道，为一个女孩耗尽心力的那段时光，真的已经过去了。

晶晶并不知道，当一个男人对一个女人再也没有当初悸动的爱情的时候，还愿意把她留在生活里，可以聊天，可以安慰，这并不是他想要再次成全某段爱情。

去期待一个男人抛开内心给你看内心戏，或者牺牲他现有的生活来配合你长久的独角戏，都是非常奢侈的事情。

不管爱是一眼瞬间的事，还是"两双眼看一个未来"，在成长过程中，我们最需要承担的是来自于自己的孤单，兵临城下一个人战斗的时候我们如何处理自己的欲望，读懂自己的内心。

汤圆后来把他们的聊天截图给我看，晶晶在一次聊天中指责他现在玩世不恭，而他对她说，我这一辈子所有的勇气都用在你身上了。

我觉得，其实他们都不孤独吧，内心深处相互支撑，只是在生命的某个时间点跑偏了。

人生的路上我们总会有一些时刻没办法自己一个人走过，我们互相陪伴，也需要互相告别。

那些歌里承载的旧时光

1

我们都曾经历过这样的悲恸，有时候像恐惧一样，对于白天的到来，或者任何试图安慰的话语，怀有深深的敌意，有时候又如不明所以的醉意，融化所有想不起来的片段。跟世界之间有了隔断，你无法走过来，我也无法走过去。

一切都索然寡味，但是，又希望有人在身边，听懂自己的呼救，能够交流，但是不要说话。有时候，我们也许仅仅只需要，某只手推开那扇我们无力打开的门。

2

孙燕姿刚出道的时候，瘦小，单薄，带着点嘴巴咧到耳根的傻劲，她是很多人处于断裂年龄时的精神慰藉。

她站在台上唱"是否成人世界的背后，总有残缺"，给予了许多刚刚挣脱少女稚嫩，却无法套进女人躯壳的"大女孩"，不管不顾的勇气。情歌更甚。

十七岁的时候，听《遇见》，初次心动；

十八岁的时候，听《我的爱》，甜蜜酸涩；

十九岁的时候，听《我也很想他》，不知所措；

二十岁的时候，重温《开始懂了》，潸然泪下；

二十一岁的时候，再听《我怀念的》，热泪盈眶。

时间走到了这一步，仿佛才真正懂得那些歌词里的悲伤，句句都像直指自己的遭遇。

后来她发布了专辑《当冬夜渐暖》。

她开始挽起优雅的发髻穿着合体的裙子小露性感站在台

上，深色的眼影精致的妆容，她挑起忧伤的眉，唱：

"很多事情不是谁说了就算，即使伤心结果还是自己担，多少次失望表示着多少次期盼。"

3

听过她那么多那么多的情歌，直至今天，我才恍然发觉，那么多年过去了。

十八岁时爱上的人，转身之间，茫茫人海难言相见。

我最好的朋友，和我同一天开始初恋，我看过她对他说的每一句话都斟酌再三，看到每一件好看的 T 恤、每一个好玩的摆件、每一串"酷毙"的项链戒指都要给他买，对自己喜欢的鞋子却试了又试，最后拉着我的手恋恋不舍地离开；我也看过那个男孩在我们买雪糕的时候一个人不声不响地返回去，把那双鞋买回来给她，情人节前一天因为在外地不能赶回来，托我订束花送到她家，还有无数个时候，他悄悄对我说，替我好好照顾她。

在我才看过他们打闹微笑甜蜜无比，一转身，她却告诉我，他们五年的感情告终。男孩回头去找了五年前的初恋。

"她结婚生了孩子又离了，他居然更愿意和她在一起。"女孩愤愤不平地说。

但，爱情里本来就是追逐"更愿意"的过程呀，也没有什么应不应该。

4

孙燕姿曾唱道"事实证明幸福很难"，我们对此本是嗤之以鼻，但时间的魄力真的很让人惊叹，它让我们看到爱情的生和死，爱人的去和来。从童话到神话，从格言到赘言。原来我们都需要经历这样的过程，才能将幻想毁灭，将相信动摇，将纯真置换。

从年少带入青春，从懵懂带入成熟，从听情歌的时候不清楚、不明白、不了解到深刻感动流泪。我想很多人都这样，看见纯白的 T 恤收进衣柜，看见干净的面庞被另一个女生轻轻吻上，发现自己再也不记得某些味道某些场景，再也不会轻易就潸然泪下。

5

除了周杰伦，恐怕没有哪位男星的婚讯能够引起一代人集体"悼念"青春：陪我们叛逆，陪我们挣扎，最后一同抵达不卑不亢的成熟。

他和他的歌对 80 后而言，代表了那些年纠缠而明亮的青春。

"我们青春只有一次，却有同一个男人"。

6

2001 年，爆发了史上最大的狮子座流星雨。女生们都开始听一个说话都含混不清、压低鸭舌帽看不清表情的男生低沉地唱歌，宿舍门的后面一年一换他的海报，我在阴郁的天色下眯着眼端详过那张刘海遮了一边面庞的淡漠的脸，心里很不服气那样漠视的眼神。

这种错觉带着避开大众口味的癖好一直延续到 2003 年的元旦晚会。我刚上高一，在台下看到两个长得一模一样的男孩唱他的歌："故事的小黄花，从出生的那年就飘着，童年的荡秋千，随记忆一直晃到现在……"

我在周围的喧嚣中坐直了身子，抿住嘴唇。后来我到后台收拾晚会现场，和同伴说话，感觉后面有眼光跟着，回过头看到灯光的暗里，那两个唱《晴天》的男孩，稍微高一点儿的那个正面无表情地看着我。

我心下一惊，恍惚想起了三年前我端详海报的那个阴郁的下午。

高中三年大概是每个人都最怀念的时光。因为那时候的我们，最青涩却最有勇气对世俗说不，我们以为，只要自己确信，谁都挡不住我们的决定。

三年中，很多人来了又往，有人蹲下来没有走，有人拉住我的手最终又放开，直到后来我回到这个在我的青春里颇有争议的学校，发现它是多么静谧，可是那些年，为什么发生了那么多轰轰烈烈的事情呢？为什么会有那么多我当时觉得过不去的事情呢？为什么我没有抓住的人和事都发生在那些年呢？

因为那一首《晴天》，我开始听周杰伦的歌。

7

2004年，雨下个不停，MP3还不普及，我戴着耳塞用CD机听他刚出来的《七里香》。

2005年，高三，课业渐重，我走过一摊摊清亮的水洼，紫荆花一朵一朵飘下来。我听《蜗牛》，他唱着"我要一步一步往上爬，在最高点乘着叶片往前飞，小小的天流过的泪和汗，总有一天我有属于我的天"。

2006年，落榜，在房间里闭门不出，炎热的夏天烦躁不安，我靠在冰冷的瓷砖墙面，阳台上蚊子很猖狂，手机打到发烫。

那年义无反顾离开的男孩一首一首地把当年没唱完的歌唱完，从第一张专辑《JAY》，到《十一月的萧邦》，男孩站在凉风习习的窗前，不用看歌词也能由着我点，就直接整首歌唱下来。仿佛那些年少的青春都能如此流畅并能倒背如流。

这就是周杰伦在我的中学生涯留下的整个印记。

8

2007年大学第一个寒假回高中的学校，走过每一个待过的教室的走廊，往事恍恍惚惚像潮水一样。

窗帘依然是浅黄的底子上开出大朵大朵的花，半拉着，窗外是我以前写累了抬头必然会看到的那座英雄纪念碑，高大而苍白。那个我凝视过许久的地方，仍有不懂事的孩子在前面打闹，偶尔还会看到卖糖葫芦的小贩沉默地蹲着。

斑驳的课桌换了 N 代主人，上面刻过雄心壮志、名人名言甚至数学公式、法律条文；狭窄的过道有过多少争吵嬉笑打闹；落满粉笔灰的讲台你问过老师那道苦思冥想仍不得结果的几何题；粉白的墙壁上悄悄写下谁的名字；明亮的玻璃窗又落了灰尘布满了斑点，是否还用洁白的纸巾一寸一寸地擦干净；教室后门绿漆脱落，你在那里依靠着遐想过怎样的未来，温柔的目光曾经落在哪个实处；冬天的课间有人开窗，大团白色水汽涌进教室。

9

我来不及一一印证这一切，那些人早已走远，而那些喧嚣的记忆慢慢沉淀成一种安静的想念，一如那无数个不眠的中午留守教室看书写字时，透过玻璃窗照在我右手的温柔的目光。

离开这里以后，我经常会不经意地想起这样一些被尘封的细节，它们像刻意收藏起来的潮湿旧信如约被打开，字句间是我的过去和改变，以及对即将出现的事物的期待……

午后的光线从宿舍门口汹涌进来，晃得眼睛一点儿一点儿痛起来，干涩的痛。

世界安静成一片弦音。

我们都回不去了。

这个世界每个角落都有可能上演我们的故事，而我们的旧时光，已是人去夕阳斜。

只有那些陪伴我们的歌还在，唱着我们年复一年喧嚣的年少轻狂。

Chapter 2

兵荒马乱的年纪，
从容盛放的你

成长是突如其来的事

春困真是让人缺乏耐性。在重复第 N 次趴倒在二级建造师考试用书上以后，死党兼我的"同居"室友小南把我拉起来，说出去走走吧。

我们路过一个高中的排球场，一个扎着双马尾看起来很可爱的小姑娘正在体育老师的指导下训练投篮。小姑娘应该是在准备一场补考，老师一直在纠正她投篮的姿势，但她总也投不进，最后耍起小性子来，体育老师无奈地对她说："你再练练吧，下周一来找我。"小姑娘终于崩溃地哭着蹲下去。

小南指了指小姑娘，说："你看，我曾经也是这样，暴躁又脆弱，以为全世界都要来爱我，起码爱人要包容我低落时的所有脾气，要体谅我的每一次任性。她现在大概还不明白，成长是一个人的事。"

我懂。

小南和初恋男友在一起四年，经历异地恋，彼此折磨又多次重归于好，也

曾为了那个男孩从深圳跑到珠海找工作，我就是她刚回国的时候找合租时认识的，也见证了那四年兵荒马乱的爱情。

那个男孩家在北方，就用"小北"来称呼他吧。

他们的相遇是在托福班上，那个班只有五个人，而他是唯一一个第一次上课就迟到的人。他莽莽撞撞地走进课堂，在众人的目光中走到小南身边的空位坐下，用小南的话说就是，"头一次感受到一道光注入心灵的感觉"。

让他们的关系进一步的是后来因为托福成绩不理想而重新报的精品班，只有他们两个人，接触的机会更多了，一起上课，一起做题，一起练口语，一起讨论问题，一起午饭。

小北是本市人，下课后会回家，小南则回大学宿舍。他们每天一起走过下雪的街道，小北还和她讲过"这样一直走下去就能走到白头"的笑话，那时候虽然他们还不是男女朋友，但小南的心里暖暖的，以为那就是好的预兆。

托福考试结束的那天，他们在大街上随意逛着，谁也没说话，因为当时他们都知道，这也意味着维系他们联系的课程结束，以后见面的机会恐怕就会少了。也是在那一天，他们在小南学校的图书馆走廊闲聊时，发现当天的太阳格外地不同，笼罩着大大的光圈。当天晚上，新闻说，本地出现了三个太阳的奇观。

后来小南知道那叫"幻日"，也许也正是那个时候，她对彼此之间的感情出现最大也最美好的幻觉。后来小南送他到学校门口的车站，临别，小北说："保持联系。"小南心里设想过的无数台词被这四个字噎住，也只好说了句："好。"

托福成绩出来后，小南考得还好，最终选择了美国宾夕法尼亚大学的人类学硕士，也告诉了小北，只不过没有告诉他，她实际上非常希望他也和自己选同一所学校。她做过功课，他要报的专业，在宾大也是拔尖的，她以为她不说，他也会做出这样的选择。

令她意外的是，小北虽然拿到了宾大的 offer，但他还是选择去芝加哥大学。那一刻小南觉得自己简直像个笑话。前程与自己谁更重要，谁更在乎这段关系的走向，似乎在那个时候已经有了显现。只不过小南选择了忽视，只因为紧接着小北告诉她计划要去香港旅游，小南想了很久，才鼓起勇气说，要不要带我一起去？小北一句"本来就是打算带你一起的"让她又重新高兴起来。

最让小南心有芥蒂的，是这段关系的开始，可以说是她先迈出了那一步。有一天晚上他们玩真心话大冒险，小南输了，而手机游戏随机出现的问题是：你现在喜欢的人是谁？

小南在那一瞬间想到了很多时刻，喝水的时候小北总是

给她拧开瓶盖；感

冒时也是小北第一时间

感觉到她不舒服，第二天课桌

上肯定会出现一盒感冒药；小北总是在过马路的时候拉住她的手，过完马路好一会儿了才放开；小南口语不好，小北总是牺牲自己休息时间陪她练习；小南喜欢吃碧根果、松子之类的坚果，小北总是给她买来剥好，等等。

即使在过了很久以后，小南仍然分不清小北当初对她的好，是爱情，还是一种习惯的关怀。只是在那些日复一日的期待中，她早已认为，那是小北喜欢她的信号，至于为什么他一直没有表白，她也搞不清楚。而在玩"真心话"的那一刻，小南的脑子是混乱的，她只是含含糊糊地说："呃，这个人你也认识的。"

小北猜了两个曾经一起上课的男同学，小南都摇摇头，心里有些失望，但心一横，还是问出了口："如果是你，你会怎么样？"小北很干脆地说："那是还是不是？"小南说："哪有让女孩子说的，你也什么都没说过。"小北说："那就是了，以后你就是我女朋友了。"

在共度了一个短暂的假期后，留学的日子开始了。那段时间发生了许多事情，也有疑似第三者插入，小南跟我说起那个女孩在他们语音视频的时候推门进来，毫不在意地看他们聊天，以及那个女孩在脸书上放过许多两人出去玩时亲密的挽手照片时，我看到小南的脸上，仍然会流露出让人心疼的难过表情。

小南忍不住，终于在一次电话中哭出来，断断续续地表达诸如当初是自己表白的，也算是倒追吧，或许他并不是十分在乎，现在看到有别的女孩在他身边，自己很没安全感，他也从没主动来看过她，更让她担心彼此的关系云云。

小北静静地听完，先是哄她不哭了，然后解释自己跟那个女孩只是一大帮朋友中玩得还算可以的一个，也不像她想象的那样亲密。末了，说："别瞎想，我是你的。"

"我是你的"，是不是很奇怪的表述？小南也不知道，是不是自己约束太多，让小北感觉不自在，还是他本来就很吝啬说一句，我爱你。而导致冲突爆发的，是在小南终于忍不住去小北学校找他的那一次。

小北让她在宿舍的床上先休息，自己要赶一份论文。中途小北说出去给小南买点零食回来，小南在宿舍百无聊赖，小北的电脑开着，QQ 一直闪烁不停，她鬼使神差地起身，点开了未读信息。

"如果有可能，我宁愿从没看见过那些对话。"

对方大概是小北来美后朋友圈中的一人，约他周末去登山，他说女朋友来了，下次吧，对方羡慕地说，那么远跑来找你，感情很不错嘛。小北说，也就那样吧。小南心里"咯噔"一下，继续看，对方说，你们在国内就好上了？准备结婚没有？小北回，还没想过。

就算是"没那么快""再等等看""毕业再说"等回答，都还不会让小南如此难过，她在意的是，他竟然是"没想过"和她结婚。

小南对我说，他们在出国前已经见过父母，说好学成回国就结婚，那时小南还开玩笑指着一户人家的阳台说，他们以后要买一间大房子，要有大大的阳台，我要养只猫，抱着它晒太阳。小北当时还宠溺地揉了揉她的头发，说："好的。"

到底是什么时候变质了呢？

小南当时难过得要死，回到床上用被子盖住头哭，小北回来她也不敢问他，只说自己不舒服，想睡会。

"也许那个时候就已经意识到，因为太爱，自己根本不敢去面对现实，也根本不敢去设想，未来是否真的不能在一起，这种问题。"小南后来回忆起这段感情说道。

倘若小南知道后来回国后他们面临的问题更严峻，也更消磨爱情的话，也许当初就不会早早把伤心的份额用掉了吧。

他们熬过了艰难又漫长的异地恋，其中发生过许多摩擦，大多数情况都是小南指责小北不够体贴，不够关心她求学生涯的压力和疲惫，以及他们一起计划出行或者一同去做什么事时，小北总是不够积极主动，总是等着小南去把一切事情都规划好，才懒懒地帮上一两个小忙。

小南的脾气越来越差，"但他也忍下来了。如果再来一次，我会对他好一点儿，再好一点儿，毕竟他是我曾经这么用力爱过的人，我却一味要求他忍耐，换了是我，也会慢慢不再喜欢那样的自己吧。"

小南叹道，"最后的分开，结局不美，我们都有责任，但我现在觉得，我的责任更大些，我错就错在，当初完全不这么认为，还以为是他一直缺乏勇气。"

回国后，小南才发现，学生时代的那两年，算是他们在一起的时光里最美好的了。她

以前曾以为，他们之间出现这么多隔阂和间隙，都是因为异地沟通不便，在一起就好了。然而，命运作祟，回国后小南先一步找到了深圳的工作，本以为小北喜欢南方，也会找个当地的工作，两人就可以正式谈婚论嫁了，自己离家近，有什么都可以照应一下。谁知道，小北找工作频频受挫，最后不得已，签了一个珠海的公司。

小北安慰她，说也就是宾夕法尼亚到芝加哥的距离，小南却发了很大的脾气。

她心里有多委屈，也许只有自己知道。那些漫长岁月里独自面对生活的苦楚，以及对对方生活里出现的不确定的恐惧，统统都再次冒出来："我们回国就是要在一起的，你到底要什么时候才能在我身边？"

小北无言以对。小南迅速辞掉只上了一个星期班的工作，毅然而然地重新投简历，并迅速在珠海找到了工作。对爱情的勇气，大概从来没有像那时候一样，果决又不顾一切，也以为只要努力克服，所有的矛盾都会迎刃而解。

现实的可怕，不在柴米油盐里，就在异乡奋斗的舟车劳顿里。饮食习惯、思考问题的方式、解决问题的方式等多种不同，也

开始在共同生活之后暴露出来。小南发现，小北越来越不愿意迁就自己，无论是租房的地点，还是每天晚上谁做饭这些小事。他们之间，再也没有谈论过何时买房这件事。

就在分手前的半年，小南发觉自己的脾气已经差到了自己都无法忍受的地步，而每次发火，都是失望的加剧和逃离的渴望。终于有一次，当她知道自己一个学姐在深圳一家还不错的业内公司当人力资源主管的时候，动了离开的念头。

她瞒着小北去面试，也顺利拿到了 offer。那家外企很棒，小南知道，许多人削尖了脑袋都不一定能进去，但在那一刻，她还是感到了巨大的无措和绝望。她终于看着这段爱情，走向了无法掌控的方向。

败给了什么呢？

他们曾经耗费那么多的力气与距离抗争，最后，是因为他没能满足自己当初的幻想吗？还是因为没有给自己在大社会当中基本的保护？或许都有，又或许都不是关键。

"关键是在这样的过程里，我曾由着性子去安排我们的生活，伸手就要自以为是的爱情，但是你的伴侣越来越缺乏耐心，也对你越来越失去保护的欲望。成长是两个人的事，但首先是一个人的事。我们的沟通在哪里出现了差错，爱情就死在了哪里。而这样的迹象，或许从我以为他也会跟我报同一所学校开始，就有了。"

小南最后说，其实在最后那段时间，也不是没有美好的回忆，只不过我太疲惫了，觉得一切都搞砸了，就都算了吧。

那些未被时间带走的

1

中午吃饭的时候，路遇一所小学，刚好是中午放学，校门口清一色的老头老太太，踮着脚拎着个保温袋，等孩子们鱼贯而出。

有两个小女孩特别显眼，背着一模一样的书包，手拉着手走出校门，也没有四处张望找家长，而是直接往公交车站方向走。

长相打扮不一样，显然不是姐妹。她俩十分亲密，一路不停地说话，比画，大笑，看起来应该是很要好的朋友。其中一个小女孩，皮肤有些黑，扎着长长的双马尾，穿着黄色的裙子，让我想起了赫敏。

在和她们差不多年龄的

时候，赫敏也喜欢穿一条黄色的筒裙，和班里别的小女孩都不一样，十分特别。

当时的赫敏，穿衣打扮已经开始比同龄人时髦，更不用说和我这样整个小学都穿着外婆做的花裤子花裙子的孩子相比。因此，那条黄色筒裙，包括赫敏柔软的黄褐色长发、塌鼻、小嘴、细长的眼睛，都成了我最初美的认识。

直到现在我还记得，那会儿曾经做过一个梦，整容医生问想变成什么样？我指了指赫敏说："她那样就好。"

2

赫敏本名当然不叫这个。只因小学快毕业的时候，《哈利·波特》开始在国内热销，我没有零花钱，每次都只能在书店站着看上半天，赫敏平时攒钱，等钱够了，买下来就会拿给我，然后我俩头碰头有滋有味地看完。

那会儿着了迷似的，每看完一本新书，课上课下都要悄悄讨论半天，还给班上的同学起了书里的名字：哈利是那个爱打篮球帅气精神又有号召力的男生，罗恩是成绩好长相俊美如女孩的班长，秋·张是发育得最快、美得像出水芙蓉的副班长，伏地魔是那个高高壮壮爱管闲事的大队长，很喜欢哈利的数学老师是邓布利多。

赫敏因为有很多想法，勇气过人又聪明伶俐，所以就是赫敏了。而我，因为梦想将来成为记者，所以她叫我"金妮"。

　　我们经常有滋有味地讨论：邓布利多又把哈利叫去办公室了，不知道这次说的是什么；伏地魔下课后去秋·张桌边说话了；罗恩和哈利课后去打球了，好多隔壁班的女生来看。

　　和书里不一样的是，我不喜欢哈利，哈利似乎喜欢赫敏，总是上课偷偷传小纸条给赫敏，下课也常来找她说话；班里女生传赫敏喜欢罗恩，因为凡是老师安排什么任务她总是去找罗恩商量，但是她从来没有和我提起过，可能因为男生们在传罗恩喜欢我。

小学的时候，长得好看成绩又好的女孩子，往往是抱团一起玩的。现在想想，那真是以我们几个女孩，和班上跟我们关系好的男孩为圈，划定的一个魔幻现实世界。

3

赫敏比我小一个月，却始终像个大姐姐一样带着我玩。她把我拉进跳皮筋的女孩子堆里，虽然我笨手笨脚，但是她十分灵巧，最后总能赢；下课后去小卖部闲逛，总是她付钱；同时看上同一款笔，但我俩都喜欢的颜色只剩下一支的时候，她会让给我；她过生日开 party 玩猜谜，总是多给我一些暗示，奖品也让我先选；小学毕业写同学录，我问她要的照片是最多的，甚至把她给罗恩准备的个人照也要了过来，她虽然有点犹豫，但还是依了我。

唯有一件事是我们从不讨论的，那就是喜欢的人。不知道是我比较晚熟，还是不太八卦，或者是很少跟当时就出类拔萃的那些男孩打交道，这方面心事，赫敏总是跟另一个同班女生交流。我只是模模糊糊地感觉到她对罗恩的那种小小的钦慕又略有羞涩，因此每当罗恩来找我问意见或问题目的时候，我总是小心地避开。

是的，直到后来，我翻看赫敏的日记时，才知道她当年真的喜欢过罗恩，给罗恩写过信，但是罗恩一次都没有回过她。她又羞又气，也曾妒忌过传言中罗恩喜欢的我。

4

那时候情窦初开的年纪，大概就在初中以后，实际上到了高中，任何情感都还是犹抱琵琶半遮面，谁也不敢放到台面上来说，秋·张和伏地魔真的走到了一起，悄悄拉着手下楼被同学看到时，大家的第一反应都还是"谈恋爱是坏学生才干的事"。

赫敏在这方面也还是比我们走得快一步。和年级里最漂亮最会交际的那些女孩儿一样，赫敏已经不屑于与同龄小男生打交道，开始认识高年级那些又会玩又帅气的大男孩。

小学的时候，我们喜欢成绩好的男生；初中的时候，我们喜欢年级里敢打架的风云人物，或者偶尔举办个晚会的主持人；高中的时候，我们喜欢学生会主席，或者多才多艺的男生，会弹吉他、篮球打得好、画得一手好画、唱歌比赛的冠军，都会引来许多女生的青睐。

后来，赫敏就一直在这些我们看来"最好"的男生中周旋，当然也不可避免地遭受着学校里大部分女生的"眼红"。即使是不八卦如我，还是每隔一段时间就能听到女生们扎堆议论赫敏的种种"出格"行为：抢好朋友的男朋友，和年级里最帅的男生在街上大摇大摆地拉着手，结果碰见了班主任。最严重的一件事是，她居然偷那个全校女生心目中校草的钱包。

5

那件事被传得沸沸扬扬，我不敢去问赫敏，只见她那段时间好几次上着课就被班主任叫出教室谈话，回来就红着眼咬着牙，下课后趴在课桌上，肩头一起一伏，像是哭了。

对了，那时是初二，我俩关系已经不如小学时亲密，但还是常常上课时帮她与另一个和我们关系较好的女生传纸条。

初中的班主任是个严厉得多的中年妇女，有一次自习课传纸条终于被她抓住，我当时大气不敢喘，第一反应是"被她连累了"。

班主任先把赫敏和另外那个女生叫了出去。后来我问她老师说了什么，她轻描淡写地说没什么。

班主任一直没找我，直到班上推选第一批团员，我也在其中，班主任课后把我叫到办公室，我瞥见自己的那张申请和班主任意见就放在桌上，我又惊又怕，以为这次班主任要算账了。没想

到，那位老师只是说了一句："我很看好你，你自己要注意。"

我理所当然地想到班主任指的是传纸条事件，为了避嫌，也为了自己能够顺利地入选首批共青团员，班主任找完我后就慢慢疏远了赫敏。加上初高中认识的朋友增多，我也开始有了自己另一个朋友圈子，那是一个不以谈恋爱为主题，而只是"纯洁"地谈论学习、逛街、电视剧的圈子。

我曾为自己的故意疏远感到过羞愧，但很快，我又用"因为赫敏的脾气差，交往的朋友圈子太杂太乱还涉及社会人士，我才不愿和她玩"的理由说服了自己。

现在想想，最后悔的，莫过于我竟然会因为想要入团这种目的而去疏远一个从小亲如姐妹的小伙伴，甚至以此来恶意评判赫敏。不，不是亲如姐妹，我们曾经就是姐妹。因为我们真的结拜过姐妹，只不过我没想到，赫敏后来会以那种方式，永远地成为我的妹妹。

6

意外发生的那天下午，有同学说曾在 ×× 大街上看见过赫敏。而赫敏当时的绯闻男友说，下午赫敏在另一家网吧下线之前，还和他约定晚上一起去网吧看电影《无间道》。

当我后知后觉地被同学群里通知要去"送送"赫敏的时候，赫敏出事已经有三天了。因为她的家人要求法医反复鉴定以及警察到家里多次取证等原因，我赶到医院的时候，赫敏还孤零零地躺在医院的太平间里。

那是我人生中第一次到太平间。一床脏得看不清图案的被子盖住曾经那么爱美爱整洁的赫敏，只有长发杂乱成团散落在外面。

我当时眼前一黑，差点站不稳，根本没有勇气掀开被子再看一眼，只死命咬着拳头。后来赫敏被担架抬出来，一边手臂没有披好，垂在换好的白被单外，显得格外刺眼，我终于忍不住大哭起来。

在那之后，很长一段时间里，我拒绝与任何女伴同行，也刻意避开人潮，每天都是自己上下课、吃饭、出操。

那一年，南方的雨季似乎特别长，每天下午都会下一场暴雨，操场边的紫荆花树还没有被砍掉，每天打落一地，是大朵大朵开得正好的整花，对，不是花瓣。

我踩过那一摊摊清亮的雨水，躲避着那些正在盛放却生生被折落的紫荆花，总是忍不住掉泪，怎么都止不住。

我去看过赫敏的父母。原来一夜之间老了几岁不是小说里夸张的表达。赫敏的母亲呆呆地坐在赫敏爷爷家的床沿上，对那些前来劝慰的好心人只有一句话：我不敢回去，回家就看见她坐在我旁边，叫我妈妈。

第二次去赫敏家里的时候，她的父母搬来两个小箱子，说里面是她的一些小东西，你们要就拿去吧。我打开，除了一盒盒的谢霆锋歌带，就是很多本漂亮的笔记本，翻开来，都是赫敏从小学一年级开始的日记。

7

我几乎流着泪看完那些日记。看到那一年我疏远她时她的想法，看到我不再陪伴她的日子，她和那些不负责任的男生谈过怎样惊心动魄的恋爱。那是我完全没有经历过的青春，既有牯岭街少年那样的生活，又有饶雪漫的《左耳》里的心机和矫情。

关于那一次"偷窃事件"，实际上也有隐情。那个男孩其实是她的邻居兼青梅竹马，那天刚好他们家大人都出去了，忘了关门，赫敏经过他家门口，看见掩着门，以为那个男孩在，叫了好几声，都没人应，她推开门，刚好男孩回来，误以为是她趁他们家人不在，想要偷摸着进去干坏事。而又"很巧"的是，男孩放在茶几上的钱包不见了，于是一口咬定是赫敏偷的，嚷嚷到学校里去，很快就传开了。

"其实我知道那段时间他为了买烟和谈恋爱花了很多钱，根据我以往对他的了解，大概是把没钱的原因赖给我了。他明知道我喜欢他那么久，却舍得用这种方式伤害我，也算我该吧。"

我始终记得，赫敏日记里的这一段。

8

赫敏的最后一篇日记，停留在了那一天。

她在日记里感叹，这一年流的泪这么多，也许是因为身处"雨季"的缘故吧。那时候，林志颖的《十七岁的雨季》已经不再流行，赫敏却工工整整地把这首歌的歌词抄录在日记背后。实际上，赫敏走的时候，离她十七岁生日，还有两个半月。

过了三年，去赫敏家看望她的父母的同学已经没有了。那片厂区也拆得几乎面目全非，我找到一桌正在院子里打麻将的人，向人打听她爸爸的家——赫敏的父亲当年差一点儿考上大学，这是赫敏曾经骄傲的地方。一位憔悴、满脸皱纹的中年男人抬起头，说："我就是，你是谁？"

她的母亲又生了个小弟弟，眉眼和赫敏惊人的相似，他冲我笑一笑，我就要恍惚好久。他们的父母，也不复三年前的悲痛欲绝，大家避而不聊那些过去。

临走的时候，赫敏的父亲告诉我，他们可能很快要搬家了。他指了指对面新建起来的几栋高楼，也许他们未来的家就在其中一栋。

是啊，时间将抹去一切或高兴或悲伤的痕迹，大家都往新生活里走了，就连我们这辈子最亲密的玩耍地方，都将不复存在。

那是我最后一次去赫敏家。赫敏爸爸的手机号，却一直存了下来，不管我换了多少个手机，那十一位数字始终静静地躺在某个名字下面。我无数次在快速滑动查找号码时瞄见过那串数字，却再也没有拨过，更不知道他有没有换号。

赫敏的弟弟，应该快十岁了吧。他也经历了我和他姐姐最亲密最要好的年龄，他会知道，自己素未谋面的那个姐姐，曾经是如何娇美，如何被全校的男生追捧吗？他会知道，自己的姐姐曾经受过多少委屈吗？也许会吧，因为那些日记我最终没有带走。又也许不会，一个男孩子，应该不会对这种跟自己其实没什么关联的事情刨根问底。

而我，几乎在每一次重大的抉择路口，都会想起赫敏。如果她还在，她会做怎样的决定。她会选文科吗？她会去北京念大学吗？她会找什么样的工作？她会不会出国？她失恋会怎么办？她会和什么样的男人结婚？她会顺从家人的希望而改变自己的主意吗？

"赫敏，要是你在就好了。"我每次都这么想。

9

长大后，我始终掌握不了跟周围的女性同伴手挽手说八卦、逛街、吐露心事的社交技巧。

我曾经以为，是因为自己从小就在男孩堆里长大，不懂得如何取悦同性，后来我才慢慢意识到，我也曾自然地和赫敏亲密无间。赫敏的离去，似乎带走了我往后的成长中所有关于女生之间情谊关系维持的能力。

后来的所有人，都不再是赫敏。

也许在我的潜意识里，如果不是赫敏，那么我也没有必要和谁做"好朋友"。而曾经这样唯一的"好朋友"，却是我亲自疏远的。我缺席了她那些年的委屈，也错过了她那么多的骄傲，我甚至觉得自己没有脸面如此深情地忆起那些年，也为她日记里略有埋怨地提到我曾经对她不管不顾的往事而感到愧疚。

我曾许下愿望，当自己有能力时，为她照顾二老，可惜后来我没能做到。我唯一做到的，只有每年 5 月 19 日，赫敏生日的时候，在心里为她完整地唱上一首生日歌。

而每当我生活或工作压力特别大的时候，总能梦见赫敏。梦见她突然回来了，甚至从来没有离开过，也和我一样考上大学、毕业、工作。但梦境里总是有一段断续连不上的时光，每当这时，我在梦里就能意识到，赫敏真的不在我的人生中了。

我没有权力背负她的愿望走下去，但是我想替她去看那个长大了的世界。我想替她了解更多的美好，击败阻碍我们成长的残酷现实。那些梦境，令我冥冥中总会拥有一种力量，不停下来，直到再次战胜愚蠢、懦弱和无知。

10

我和哈利自毕业后就失去了联系。罗恩留在我们家乡的那个小城，一边当公务员一边开了家婚庆花店。秋·张早就和伏地魔分开了，听闻她谈了几次恋爱，还是那么水灵漂亮，不过现在仍是单身。

我们的法力都随着青春逝去了，之后我们都是普通人，没有人有义务承担我们受的伤，我们的喜乐哀愁，而赫敏永远不会知道了。我们成年了，被贬落凡间，在红尘里籍籍无名，再也不能随心所欲。

如果每个人都是一颗小星球，那么，我们那群人中，只有赫敏自那以后就成为了我们身边的暗物质。我知道我再也见不到她，但她的引力仍在，并且永远改变了我的星轨。纵使从此不再见，但她仍然是我所在星系未曾分崩离析的原因。

也许很多年后，我依然能够清晰地想起，小学五年级的一次家长会，我和赫敏在布置完教室后，站在走廊上边东扯西聊，边偷听老师和家长们的对话。月亮刚好升上头顶的天空，皎洁得似乎能够实现一切愿望。就着这样的月色，我和赫敏立下誓言：

"从此，我们就是姐妹了。"

得以遇见，错过也很好

1

我有个好朋友，无论身处何处，总爱拍下她头顶天空的美景，然后寄给她的男朋友，告诉他，这是她想念他时的天空。

后来他们分开已经很长一段时间了，她跟我说，她突然梦见了他，场景却不是在学校而是在她从未去过的他家。他不再留着清爽的刺猬头，他给她看他的手指，不再戴着以前他们戴过的那款"执子之手，与子偕老"的简洁对戒，而是镶嵌了昆虫和其他奇奇怪怪的造型的戒指。

她说，一觉恍然，他已经不再是我爱的干净模样。

分手的时候，她和他才异地了半年，但对于从未分开过这么长时间的年轻情侣而言，像是过了半个世纪。

　　在最后那段时间，他们的内心都生出许多不确定，他们都在试探对方，犹犹豫豫地问过好多次：你还爱我吗？双方又都是小心翼翼地说：不知道。

　　然后都彼此伤了心。过了很久，经历了许多变故，他们都将要在他人的怀抱中忘记对方的时候，她突然梦见了他。

　　"我梦见，我很坚定地、一字一句地对他说，我还爱你。而他看着我说，我也是。"

　　她告诉我，在经过那些深深了解的过去，这场景就像是他在这一场变故的废墟中对自己的最后交代。她几乎要忘了那只是个梦。

　　但确实只是个梦。她把他放在了一个不会遗忘也不会再取出的位置。那个位置，是她最想留下的地方。是她说"你曾经幸福过吗"的地方，也是他说"曾经的我很幸福"的地方。是他们最终回到的原点，是爱情开始的地方。

　　但他们都无法再为对方做什么了。

2

为什么短暂的初恋总是让人无法忘怀，总是让人在某个梦境挣扎开来的时刻，还要自欺欺人地哭出声？为什么有些人甚至无法回到生活的正常轨道，当作什么都没有发生？因为他已经走了太久，你的记忆里，模糊得只剩下他笑起来日光倾城，没有舞台也像天天都在聚光灯下。

当现实生活里的琐碎、矛盾被放大时，那些记忆总会跳出来，让你开始怀念，甚至后悔。但你有没有想过，是因为时光淘洗了所有的争吵、磨合、怨怼、自私，那个回忆里的世界才完美得不像话。

现实生活里没有那么多绝症，许多恋人走着走着就散了。在我们的花样年华里，每个女孩子都得到过这样的承诺，而当我们长大以后，都丢掉了那枚简洁廉价的戒指，换上了比星星光芒更耀眼的钻石，挽起西装革履的手。

3

有一部微电影，名字叫《用我仅有的 37 分钟生命来爱你》，说的是一个在咖啡馆兼职的女孩和一个会复制世界上各种有形之物的男孩的邂逅、相爱故事。

他们的认识自然而简单，女孩不小心将一杯咖啡泼洒在他面前，眉眼交错，小鹿乱撞。女孩第一次送外卖给他时，他将复制出来的东西拿给她看，让她猜哪一个是真的，哪一个是复制品，这些复制品种类繁多，有魔方、苹果……

然而男孩复制出来的东西有个缺陷，就是存在于这个世界上的时间只有 37 分钟。有投资人建议他到美国去，因为那里有最好的设备和足够的资金，可以使他研究出突破 37 分钟时限的复制技术，圆他诺贝尔奖的梦。

他们的谈话刚好被送咖啡来的女孩听到了，女孩伤心地跑开了。男孩心神不宁，不小心把自己给复制出来了。那个复制的自己毫不犹豫去找女孩，他只有 37 分钟的时间活在世上，他要做的，是找到那个女孩，对她说，我爱你。

那个复制的男孩匆匆地在路边摘了一朵玫瑰花，因为在他们曾经的谈话里，他说他的梦想是得诺贝尔奖，而女孩的梦想只是有人送她一朵玫瑰花。

复制的男孩跑到咖啡馆，老板说女孩刚走，他又气喘吁吁地跑到学校，他找到女孩，把玫瑰花送给她，把"我爱你"送给她。他说："我的时间不多，而我想用我的全部时间来爱你。我从一出生就爱你了，你信吗？"

女孩害羞地闻闻玫瑰花说："我信。"他又说："知道小海龟吗，海龟一出壳就知道往外爬，我也是，从我有感觉的那一刻开始就往外跑，向你这跑。"

女孩笑了笑，把花还给他。他握住女孩拿着花的手说："我应该给你更多一些，带你去海边看星星，修一座花园，种很多很多花，让你一生都过得很安宁，可是我不知道我还有多少时间……"

女孩不解地说："可是我们还有很多时间去做这些事。"男孩吻了女孩："说，该你了。"女孩也回吻了男孩。男孩说："真好，我这一生都很快乐，但这一秒钟最好。"

男孩说："我要走了。"说完，向后退了退，就消失了。

后来那个真实世界里的男孩找到女孩说，那个复制的男孩说的话也是他想说的，他就是他自己。女孩却摇摇头说，不，那就是他自己。男孩气愤地说，他是假的，我才是真的。女孩说，可他是活生生的！虽然他只有37分钟，可他用整整一生的时间让我快乐。

女孩走了，男孩若有所思地说，一百年，真的很长吗？

4

在电影里，37 分钟的一生太过短暂，短得只够说一句"我爱你"和"这一秒最好"；37 分钟的一生又足够长，长得可以坚守一份感情。而事实上谁都清楚，短暂的爱情比真正几十年携手白头的爱情要容易证明得多。

2012 年 12 月 21 日，是传说中的"世界末日"，虽然很多人心里并不以为然，但仍津津乐道"希望世界末日是真的""希望世界末日快点到来"。

5

这个年代速食感情太多，我们马不停蹄地爱上一个人，再爱上一个人，甚至很多人觉得感情的迅速流逝无可厚非，因为人生短暂，何不及时行乐。反正长久不衰的爱情人人想得之，总不会轮到自己头上，于是一边谈着随时都可能结束的恋爱，一边希望世界末日的传说能够成真，这样即使短暂的爱情也能成为永恒，证明自己曾经也那么坚贞不渝过，就像仅仅四天的泰坦尼克号爱情。

永不出错的伴侣

题记：有些歌你只听了前奏就知道对胃口，有些人你无意一瞥就已情根深种。

在赴那一场相亲局的时候，京明已经单身了三年。

生活简单，不忙也不太空闲。七点起床，洗漱完毕，妈妈做的早饭已经端了上来，吃完步行五分钟就到地铁站。

八点半上班，十一点半下班，中午等微波炉热饭的过程，顺便背背单词，吃饭的时候就刷刷新闻或者看节美剧。五点半下班，回到家六点左右，吃过饭洗完碗，心血来潮拖个地，八点基本能斜躺在床上看看小说，打打游戏了。十点半就可以准时睡觉，被哥们儿嘲笑是"老人作息"。

当然，他也是谈过恋爱的。四年前毕业回到 N 城，和大学女友勉强维持了一年异地恋，最后以女方父母下通牒要么到 C 城结婚，要么分手。京明不愿意离开 N 城，也顺势放了手，倒也没太多的难过。

后来整整三年，也没见京明和哪个女性走得近些。用京明的话来说就是，不想搞办公室恋情，昔日的同学都已经结婚，工作后的圈子也小，加上独来独往惯了，也无所谓身边是否多一个人。

　　京明的爸妈却不依。老人抱孙子心切，刚开始也不好意思催，后来实在看他没这个心思，就坐不住了，总撺掇亲戚老友给儿子介绍对象，隔三差五组织相亲局。余彤就是京明在那个星期里第三场相亲局碰上的。

　　在出发之前，老妈反复跟他强调，余彤是个特别乖的女孩儿，家庭背景也好，父亲医生，母亲教师，知书达理。京明一听这话，心里多少有点底儿了：一般这么描述的，长得都不咋的，也不会有特别出格的思想和气质，最大的优点可能就是听话了。

　　京明提前五分钟到餐厅，因为约的时间早，大堂里只有两桌人，一桌是情侣，另一桌是个中等身材的女孩，从背后看不见脸，只看到她低着头仿佛是在看菜单，长发垂在手边。京明估摸着也许就是她了，快步走过去打招呼："请问你是余彤吗？"

　　女孩抬起头，朝他嫣然一笑并微微点了点头。京明愣住了，下意识地想，这么美的女孩还用出来相亲？不会搞错了吧。但余彤一句"是我"，又让他不得不相信这是真的。那种感觉

怎么形容呢，大概就是"春风再美也比不过你的笑，没见过的人不会明了"吧。

余彤把菜单推到他面前说："这个餐厅我不熟，你来点吧，我没什么忌口，比较喜欢吃茄子和排骨。"

声音不大，却非常得体和到位，也省掉了京明再次询问的环节。

在吃饭过程中，余彤的话也不多，大部分时间都是安静地听京明说话，偶尔点头表示赞同或者补充一两句，整个氛围让京明感觉非常舒服，几乎挑不出什么问题，不会太疏远又不会很亲密。

回家后，京明问妈妈余彤的情况。妈妈说，余彤是介绍人单位里最年轻的，爸爸是那单位的一把手。按理说这样在单位里跟同事的关系都会比较微妙，但是据介绍人说，同事们都挺喜欢和余彤一起做事，倒也不是巴结，就是都真心喜欢她。人美却没有攻击性，很勤奋，也总是很照顾大家，开会也是她一个人默默给大家换茶。

"这么好的女孩，为什么会没有男朋友？"京明有点疑惑。

妈妈白了他一眼："所以让你努力啊！我打听过了，她父母都蛮好说话的，而且一听你的专业单位，就很喜欢，你可得给我好好表现！"

其实不用谁叮嘱，京明自己就已经很喜欢余彤了。他主动约她喝下午茶，吃饭，看电影，她也每次都按时赴约，看得出来每次都有好好打扮过，化了淡妆，衣着也很得体，说话不紧不慢，当然也不是不食人间烟火的仙女范儿，偶尔被逗笑也会娇嗔两句或粉拳轻捶几下。

最令京明感到愉悦的是，余彤虽然跟他兴趣爱好相差很大，但他们聊天时总是进行得非常顺畅。他喜欢的，她懂一点儿，但又浅尝辄止，留给京明展示口才的空间；说到她擅长的话题，她也多是笑着附和他，从来不抢着发表观点。

刚开始，京明以为她是矜持，后来在一起了大半年，余彤始终是这样，你明明知道她多好，她却从来不主动提及，也不炫耀自己的资源和背景。有时候朋友聚会，京明带上余彤一块儿前往，在场别的哥们带的女朋友都没余彤好看，京明也会在心里有点小得意。漂亮女生之间的"较劲"京明不懂，不过，只要带着余彤，饭桌上总会有个把女孩说话和笑声特别大，撒娇和发嗲也特别卖力。

有一次，京明问余彤，为什么不和她们一样，多发表点看法？余彤不在意地笑笑解释，你跟你朋友聚会，我说那么多干吗，你开心就好。

不止如此，在大家聊到兴奋的时候，她总记得及时给人杯里添茶，轻声提醒服务员换餐碟，或者默默叫来一杯糖水，悄悄递给酒喝得脸通红的人。京明不喝酒，这些都暗自看在眼里。

因为第一次见面去的是高档餐厅，看余彤穿着比较上档次，京明一度担心余彤会比较物质，特意约了一次路边摊，余彤也自然地坐下，他喝扎啤，她也会拿听装可乐陪着，丝毫没有露出过嫌弃的表情。

她也从来没有跟京明主动要过礼物，情人节、生日、圣诞节的时候，京明问她想要什么，她会先想想，说出一样自己目前需要又不贵的生活用品，想不出来就笑着说随便，你送什么我都喜欢。

正如女生会留意男朋友对服务员的态度，男生会留意女朋友对乞丐的态度。京明发现，无论是地下通道的卖唱者，还是在地铁里穿得破破烂烂向她伸手的小孩，抑或是那些"缺胳膊断腿"跪在天桥上的残疾人，只要余彤路过注意到了，都会投点钱，要是身上实在没零钱，五十块也会投下去。

京明有一次调侃道，你倒挺大方，别人都恨不得让这些假乞丐饿死。余彤却认真地说，向陌生人伸手，需要多么不顾颜面的勇气，指不定真的有人是走投无路，我们也没精力去分辨，几块钱的事，何必问道德。

京明承认，那一刻他被余彤打动了，回想起她对自己体贴的瞬间，万分感慨，搂她入怀并叹道："有你真好。"余彤依旧平静地回抱住京明，"嗯"了一声。京明觉得有点奇怪地问："你怎么不像别的女孩儿那样说'我也是'？"余彤笑着拍拍他的肩说："你知道就好。"

就这么过了一年，双方父母都已经见过，下一步准备商量婚事了。京明也觉得对余彤了解得够多了，他发现，自从有了余彤，他不再享受以前那种近乎独居的生活。

那次与大学女友异地恋分手后，他曾经觉得谈恋爱很困难，一想到可能要喜欢上一个完全陌生的姑娘，她过去的二十几年是你从来没有涉及而只是听说的经历，就有点退缩，更可怕的是，还要和这样一个人建立起大半辈子的羁绊。

但是，如果那个人是余彤，京明觉得可以期待，甚至，他早早就开始幻想，余彤看见他单膝跪下求婚，会不会喜极而泣。

他没见过她哭，她的情绪总是很稳定，这让京明觉得很踏实。他觉得和这样成熟懂事的姑娘在一起，真是人生最大的幸事。是余彤让他感觉到，这个世界也可以这么平和、安全。

如果不是某天撞见了余彤的失态。

那是一个周五的下午，京明下了班，准备去接余彤到一家新开的西餐厅吃饭，他们中午就通过电话商量好了的。

京明远远看见余彤站在办公楼下，和一名穿着藏蓝衬衫的男子面对面站着，似乎在争吵着什么。他走近一点儿，看见余彤用力甩开男子的手，怒斥了几句。

京明走上前，余彤也看见他了，匆匆走过来，再没理那个男子。京明揽过余彤的肩时，看见她低垂的眼帘有点晶莹剔透，似乎刚刚掉过泪。

京明留意了她的脸颊，上过粉底的脸也有点擦拭的痕迹。京明回头看了一眼，只见那名男子愤怒地冲他竖了竖中指。

男子中指上的戒指……京明感觉有点熟悉，像是在哪见过。直到在餐厅坐下，京明才想起来，余彤的首饰盒里，也有一枚类似花纹的戒指，内圈还有两个字母"yu"。京明曾经不经意地问过余彤怎么没戴过，余彤也毫不在意地调侃过："戴尾指吗？那是单身的标志哦，你希望我戴吗？"

京明才明白那只并不是尾戒，而是曾经戴在他心爱的余彤中指上的情侣对戒，或许还是订婚对戒。看着对面坐着已经恢复平静的余彤，京明却什么都问不出口。

沉默了许久，京明扬手叫来了服务员，点了一圈全是余彤爱吃的菜后，服务员转身而去，京明用手指轻敲桌面，还是忍不住问：

"你爱他吗？"

余彤别过脸，"你别问我这个。"

"那你爱我吗？"

京明想起有一次无意中看到余彤钱包里放着一张卡片，是花束里的署名卡，落款是：宇。他似乎有点明白那枚戒指的指向。

余彤笑了笑，没有回答，顺手举起茶壶要给京明续茶。

在京明看来，那个笑彻底失去了任何甜美，苦得像中药一样，十分难看。

正如刮彩票时露出一个"谢"字，人们就已经知道这张彩票不会中奖，却仍然不死心地把四个字都刮开。后来京明也刨根问底地向余彤寻求答案：那你为什么和我在一起？余彤说："因为我爸妈喜欢你，你爸妈也挺喜欢我吧。"

京明不傻，坦白至此，他们的关系已经毫无悬念了，甚至将他曾经的一往情深化作了可笑的自作多情。

她从不发火，从不吃醋，从不管他，他以为是得体，是大度，是成熟，但仅仅只是因为，她不在乎。

据京明转述，后来他们和平分手，没有埋怨也没有争吵，正如他们之前相处的样子。

我却看得到京明的痛心。这段感情里有欺骗吗？有，也没有。没有第三者，余彤也没有跟对方纠缠不清，但是那些情绪的波动，让京明看到自己的力量是如何微弱，他竟从来没有撼动过她的心。

　　到了这个年龄，要谈恋爱的对象，基本都有一个以上的前任。也存在许多人，无法忘记那个他（她）。怎么办呢？因为这一根刺从此不再吃鱼，还是视而不见等待终有过去的那一天？

　　这个世界上，哪有永不出错的人呢。连百分百要履行的约定都不会有，只有你确定是否要包容她的错漏，包容你可能永远都抵达不了的彼岸。

怀念那么长，过去总要过去

　　题记：世界是一幅巨大的星图，每个人都在自己的一隅闪闪发亮。但在任何一颗星球看另一颗星球，都只不过是暗淡蓝点。我们总以为自己的经历足够轰轰烈烈，总以为自己在这个王国里是唯一的公主或者王子，实际上，每一个人都只在自己的幻想里灼灼其华。

故事从一次火车上的旅途说起。

那是一次十人的大队伍，领队在入口发火车票的时候我站在小鹿的旁边，小鹿的另一边是个斯文秀气的男孩 H，后来我们三个拿着相连的票号坐在了一起。小鹿靠窗，H 坐她旁边，我坐小鹿对面。火车上的时光总是冗长而无聊，有人开始拿出牌来玩，小鹿说不会玩，H 说他也不会。

于是我们八个人开始闹哄哄地集体打牌，没有人注意到原本互不相识的小鹿和 H 是谁先开始说第一句话，他们在聊什么，只是我在一次洗牌的间隙看到他们俩头靠头在看 H 的手机。

晚上十点，车厢熄灯，他们嚷嚷第二天继续打牌，我在昏黄的灯光里看见对面的小鹿已经靠着窗睡着了，H 小心地给她掖了下盖着的外套。

后来小鹿承认他们就是在那次的旅途中一见钟情。也许旅途的冗长是触发各种缘分或是排解寂寞的机关按钮，我也听说过不少在火车上发生的动人故事，但是小鹿坚决否认这是一种浪漫，因为在年轻又没钱只能坐硬座的二十几个小时里，一个女孩子不洗脸不刷牙带着满身满脸的疲惫，怎么都不算是美好的遇见。

但 H 后来对我们说，那是他觉得小鹿最美的时刻。

他陪她在火车上的厕所门口排队，火车摇摇晃晃，他俩面对面站着，他都不敢伸手去抱住她。那个时候，小鹿在 H

心里是不敢触碰的珍贵。

我们都知道每个男孩心里都有一个沈佳宜，不一定是初恋，但整个少年时光都曾因她而闪闪发亮。

后来小鹿和 H 也没有在一起，具体原因她没有说，只是有一次小鹿喝醉了，靠在我肩上说，他要走了，他说我一直没用过心，他怎么可能知道我曾经仰望他如同仰望星空。

H 去了美国。不久后小鹿接受了班里一个追了她很久的男生，小鹿牵着他的手给大家介绍，男生高高瘦瘦，白净的脸上还会因为我们的起哄而微红。他们像连体婴一样在一起，上课下课，吃饭上自习，很多次我在食堂看到他俩面对面坐着，男生比画着说话，小鹿大笑。

后来大四没课了他们就去很多地方旅游，西藏、云南，也到过老挝、越南，在那里给贫穷的小孩上课，她发照片在网上，笑得很开心。再后来听说他俩见了双方父母，据说都很满意，准备毕业结婚。

快毕业时我们聚会，叫上了小鹿，男生没来，我们起哄说是不是他要发奋工作养家攒奶粉钱，小鹿淡淡地说他们分手了。

与此同时，我们听说 H 回国了。我私下问小鹿，是不是因为 H。她说，我以为时间会让我忘了他，所以我一直都不急，这些年我的星空熠熠生辉，但当他站在我面前，忽然之间，我心里有种东西在激越地跳动着，想要去实现什么，我就

知道，他回来了。

H 这时已经不是单身。但是谁能抵挡曾经放在手心都小心翼翼的迷恋，我们都不是神。

他们开始偷偷摸摸在一起，我们帮着 H 瞒着他的女友，他们像所有人会唾弃的无耻的男女，打着重逢的借口，上演真爱的筹码。

我问 H，你为什么不光明正大地和小鹿在一起？ H 思考良久，才说，这是我放在手心都觉得珍重不了的爱情。

小鹿说她也不愿意做小三，但有什么办法呢，我们都不知道怎样选择才会幸福，不知道为什么那些问题没有答案。

这样的甜蜜自然过不了多久，小鹿开始抱怨 H 陪她的时间不够多，开始无缘无故地哭泣，开始在吵架的时候说再也忍受不了这样不正常的感情。

有一天晚上小鹿问 H 在哪里，H 说在陪客户，过了一会儿 H 给小鹿发来一条短信：如果我要你跟我一起回美国，就我们两个，也许刚开始会很艰难，你愿不愿意和我一起吃苦？

小鹿问：那她呢？H 没有再回，小鹿打电话过去，H 不接，小鹿再打，H 再挂断，反复了几次，H 发了条短信过来说：我明天再和你说，领导叫我了。然后小鹿再打，对方已经关机了。

那个时候我和小鹿站在深秋的 B 城街上，不知是冷还是什么，小鹿咬着牙一直哆嗦，我问她要不要去找 H，她说算了。

她说，有一次她和 H 出去玩遇到了无良的黑车司机，半路把一车人骗下来就走了，很多人抱怨并开始拿出手机寻找附近是否有出租路过，他们俩却快乐地拉着手唱个歌打算这么走回去。

那时已是晚上，星星次第在夜空中出现，H 给她指认各种星座，那天她还看到了美丽的银河。她说，那是她看到最美的银河。

她说，其实她和 H 都知道接下来会发生什么，我们都是世俗里的人，放在手心的珍珠始终要放下，才能拿起锅瓢碗筷过人间烟火的生活。就像我们谁都不能指着星空过风花雪月的生活，仰着头那么久也累了。

小鹿说，这样疯狂的迷恋本来就是一种病态，每个人年轻的时候都有过这样的迷恋，我们应该学会解脱自己。

小鹿大病一场，我去照顾她，那个和小鹿好过的同班男生来看她，小鹿说她没有勇气面对她无法回报的善良，然后蒙上脸不再说话。

我打开门拦着男生把小鹿的话告诉他，男生苦苦哀求，说就想看看她，不打扰她，看看就走。我实在没办法，只好让他进来，小鹿躺着一直不动，也不说话，他也真的定定地看了一会儿就离开了。

小鹿病好后到单位辞了职，然后离开了B城。她说，以前是因为太喜欢，不舍得和他谈恋爱，后来知道注定失去反而想要和他好好爱一次，不管以后我们各自会走向怎样的轨迹。

临走前我们包了个房给小鹿开了送别party，没有叫H，小鹿点了一首张悬的《模样》。

她的声音颤抖而哽咽。

真爱是一见钟情互相喜欢，还是永不消失的爱呢？这个世界有永不消失的爱吗？我不相信，有些人一等一辈子就过去了，有些人一等就觉得一辈子好长。我们都要向前走了。

这个故事的结局是，小鹿今年十月要做妈妈了。小鹿离开 B 城以后找了个大学教师，恋爱到结婚大概只用了一年时间，我从 B 城赶去做她的伴娘。

婚礼上她笑得舒心又放松，我知道过去真的已经是过去了，我们都曾经假装无敌，认真哭泣，在黑暗里寸步难行，把星光当成唯一的拯救，但最终我们还是会回到世上的光里。

这个故事没有特别尊重细节，因为我想讲一个大家可能都能从里面找到模糊影子的故事，虽然最后发现桥段老套，感悟老套，但是还是有一些人告诉我，他们很喜欢，所以还不算太糟糕对吧。

我想说的其实是，不是你一个人才经历过分别和聚合，不是你一个人才在夜里哭泣过。总有一个人，也在那时的星空下，无望和孤独过。

Chapter 3

俗世里天真，
烟火中欢喜

俗世烟火，人间真味

对于曾赵一来说，如果人生还有什么是一定要达成的目标，那么就是安心地做一个在台下给别人精彩人生鼓掌的小角色。

是的，她就是一直被"别人家的小孩"光环笼罩着长大的那种学生。成绩不好不坏，最不会被老师记住，连名字也怪怪的，哪怕偶尔被叫起来提问"你来总结一下文章的思想感情"，她都是慌乱地磕磕绊绊地回答一些自己也听不懂的语句碎片。还好，她的文字表达能力不错，这让她每次考试成绩都不至于太难看。

曾赵一觉得自己一生最棒的决定，就是那天心血来潮在大剧院门口买了张黄牛票，进去听了一场连舞台上歌星名字都不知道的演唱会。而她，就是在演唱会的时候，认识了坐在她旁边的赵曾嘉。

那是一个多好看的男孩子呀。干干净净的白衬衫，挽起袖子的样子迷人极了。"他在学校肯定也是男神吧。"曾赵一暗暗地想。

整场演唱会，她都在绞尽脑汁想如何搭讪，这对于平时根本没什么异性朋友的她来说，太难了。也可能是赵曾嘉实在太对她的胃口，也可能是现场营造出来的那种激动的氛围，让她鼓足勇气和他说了第一句话："台上这个人是谁？"

现场太过喧闹，以至于她是用极大的声音喊出来的这句话，而且问出口她就后悔了：多傻的问题啊。果然，赵曾嘉用看怪物的眼神看了她一眼，但还是大声地说了一个名字。"你说什么？我听不见！"太吵了，曾赵一确实听不清。

赵曾嘉很无奈，掏出手机，打开新浪微博，然后搜索出歌星的名字，递给她。感谢那时候还是新浪微博的全盛时代，也感谢赵曾嘉当时为了给她看歌星的演唱会信息，所以打开了微博给她看，而不是简单地写下个名字。曾赵一就是在那个时候，看到了赵曾嘉的微博名。

回到家后，曾赵一翻看了他所有微博。定时起床，定时睡觉，每天写日记，健身，骑自行车，徒步，野营。爱好天文、旅行和大卫·芬奇的电影。和她周围那些一有空就踢足球踢得一身臭汗，或者热衷于学校学生会政治的男孩子，根本不是一个类型。而且，他们居然在同一所大学，不过是不同的校区。最重要的是，她知道了他的名字。

她用手指抚过他的名字，心想：我们的名字多配呀，简直是天造地设。她庆幸那一刻她自己一个人窝在宿舍，没人看见她脸上的表情，一定非常花痴。

　　她用私信联系了他，大意是自己也刚报了和他同一家健身机构，无意中搜索到他，想咨询下哪个教练好以及一些训练方式云云。来来回回大概一个月，她终于等到赵曾嘉说，加微信聊吧，太不方便。

　　在两个校区中间有个小咖啡厅，叫九十二摄氏度，他们的第一次见面就在那里。真的很小，只有两张桌子，每张都只能坐下两个人。那一天，曾赵一稍微提早了一点儿去那等他，她太紧张，一进门就被椅子腿绊倒了，然后坐在椅子上手指不断地绞着发尾。后来赵曾嘉告诉她，那天他坐在她的对面，一直很想和她说：同学，你再绞头发就要变卷发了。

曾赵一记得那天他进门的样子，逆着光，走近了才看清他那天还是穿着白衬衫，衣领很干净，和他的笑容一样。说了什么她倒是不记得了，不过，按照这么长时间以来对赵曾嘉微博的"研究"，她已经把他的爱好以至任何一点儿细小的生活习惯都摸清楚了，包括他喜欢来这家咖啡厅，不过经常是外带一杯美式，她都已经给他点好了单。

在这样的"准备"下，共同话题并不缺，只是，曾赵一的表达能力还是跟小时候一样，特别是在赵曾嘉这样一位法律系年度最佳辩手面前。"我一定看上去表达不清，语序混乱。"她暗自懊恼。

略略坐了会，他们就起身走了。曾赵一大胆地提出说想去南校区图书馆还本书，顺便可以和他走走。赵曾嘉再次用演唱会那天的奇怪表情打量了一下曾赵一，大概觉得会走这么远到另一个校区去借书，这个女孩真是猜不透。

一路风景很好，但是曾赵一路痴，完全不记路，以至于后来假模假样地去图书馆转了一圈后，赵曾嘉实在忍不住说，我送你回去吧。

然后他们又走了一遍那条路。曾赵一幸福得要死，第一次和男神见面，就可以一起走那么多路，说那么多话，不，哪怕就在他旁边站着，她都觉得耀眼得睁不开眼。

而第一次见面之后，微信的闲聊和微博的互动就开始频繁起来，曾赵一总是围绕着他喜欢的话题，这样赵曾嘉一兴奋就会说很多，而他无论说什么，曾赵一看着他敲过来的字，心里甜滋滋的，能泛出蜜来。

那时候，其实已经是大四最后一个学期了，曾赵一对于做简历和查询面试公司的地址似乎总是缺乏天赋，而每次，赵曾嘉总是一副恨铁不成钢的样子叹一口气，然后帮曾赵一都准备好。那段时间几乎每次面试回来，曾赵一都要缠着他瞎聊，吐槽面试 HR 的奇葩问题和要求。然后在某个再次被拒的心情低落的晚上，赵曾嘉一直安静地听她抱怨完，突然说：

"我刚刚一直在想，该不该马上亲你。"

曾赵一还没反应过来，就感觉赵曾嘉的唇轻轻地覆上了她因为焦躁而快要干裂的嘴唇。

曾赵一至今仍不是很清楚他们为什么这么迅速地确立了关系，虽然她曾经无数次纠结，要不要先表白，但是又无数次怯退了。直到后来有一天，赵曾嘉所在的公司（是的，后来他们都毕业了）赞助了一个环保公益活动，赵曾嘉叫来了曾赵一一起参加，虽然曾赵一不喜欢这种公众场所，因为会把她的不善言谈暴露在大庭广众下，但是又觉得，和赵曾嘉在一起做什么都是好的。

活动中有个环节，主持人为了活跃气氛，问参加的情侣都是怎么在一起的。当话筒递到曾赵一面前时，她想了想，说："在认识他之前，我从来没有努力过，但自从知道他在那的一天起，我就想努力向他靠近，这好像是我人生中唯一成功的一件事。"

赵曾嘉的回答却是令她始料不及。当时，赵曾嘉缓缓地转过头，看着她说完，然后对着话筒看着她的眼睛："从她第一天在微博和我说话，我就知道是她。我也是一个没办法一直努力的人，以前只想在自己的世界里成功，但是后来，我想在她的世界里也是英雄。"

很多人会唱那首《布拉格广场》，但我还记得那首歌的最后是这样唱的：安静小巷一家咖啡馆，我在结账你在煮浓汤。

爱情总是两个人的努力。我靠近一点儿，再被你拉近一点儿。我始终相信，大部分爱情是顺顺当当的，不需要跋山涉水披荆斩棘，也不总会在最美好的时候戛然而止。你在收账我在煮浓汤，这大概是故事最好的答案。

路过人间，只为遇见

"还有两个星期就要踏入本命年了。"上官翎自言自语道，一边撕下一页台历。

她一直保持着买这种过一天撕一页的万年历的习惯，用她的话来说就是：这样我才能感觉时间的流逝，或者说，感觉我还活着。此时，窗外刚刚夜幕，上官翎把窗帘狠狠地拉紧，不让外面的夜色透进一丝一毫。

上官翎毕业后就考入 G 市某局工作，之所以不写明哪个"某局"，是因为我也不知道。我只知道，上官翎在大三那年就立志要考公务员，早早加入了大四"体制帮"队伍，天天在图书馆啃题，从历年真题精解到考试一本通，看完一本扔一本，每次见她都拿着不同的封面。

"我当时至少做了三十套全卷子吧，还不包括专项练习。"每次有人羡慕并讨教经验，上官翎就淡淡地说。没错，她如愿地考上了公务员，虽然不是最理想的单位，但毕竟也是千军万马杀出来的血道呀。我只记得录取那天，她脸上的熠熠光辉，笑容里都是满足。

而当时，我们大多数人，还在炎热的夏季里奔波于各大高校企业宣讲会，根本不知道自己的未来在哪里。上官翎暗暗庆幸自己早早听了家里的话，选了个安稳的单位，不用加班劳累，不用当个强势大女人冲到前面去挣钱。"律师？我会嫁不出去的。"她哼着歌儿头也不抬地说。

上班第一天，她心就凉了。每个刚入职的新人都要到基层乡镇培训三个月，相当于企业的"轮岗"，而且，很可能培训期结束后就调不回市区了。不过，我再见到她的时候，她已经回到 G 市了，只是被分在了一个新开发的郊区。她告诉我，她有种不太好的预感，总觉得后面的路并不是那么平坦。

果然，回到单位后，上官翎被分到窗口，负责接待每天来办事的老大爷老奶奶，每天要把同样的规定重复个几十次，最高纪录是一天接了六十个咨询电话。名校毕业的上官翎有点受不了，又不敢找领导，只好找比自己早来一年的同事，也是跟自己一个学校毕业的师姐询问，能不能换岗位。

师姐轻轻一笑：换岗位？咱们这个专业不对口，再过几

十年都不可能进入核心部门。那我们年纪大了怎么办？上官翎开始感到恐慌。后勤吧，师姐轻描淡写地回答。可能看她表情不对，师姐一副见怪不怪的表情，转而安慰她：能进来算好了，你这个岗位，从明年起非硕士生不招呢，而且名额也一年比一年少。

是啊，有什么好抱怨的呢，这本来就是自己的选择，别人想进来都难呢。上官翎这样对自己说。

何况，那时的上官翎，眼见师兄师姐们历经了一年又一年的"史上最难就业季"，更是不敢想象生活另外的可能性。就在这个时候，她发现谈了四年异地恋的男友劈腿了。她站在那对新人面前，手心开始发凉，她以为自己出汗了，抬手拭了拭额头，却不经意地触到了自己眼角的泪珠，她才发现自己哭了。

她想起大四那一年，她国考失利，开始不停地飞到全国各个城市密集地参加省市级公务员考试，只因为那个他的一句"你再不来，我可能等不下去了"而削尖了脑袋要考入 G 市，甚至一连拒掉了 W 市好几个国企或央企的 offer。

是的，W 市，上官翎念了四年大学的地方，有着肆意纷飞的樱花，那时的她，舞跳得极好，人长得美，又是系里的高才生，总是被众星捧月，常常出现在各院系的晚会上，梳着漂亮的发髻，踩着细高跟主持节目。

大学里的青春，美得就像风吹起樱花雨的那一瞬间，迷乱了双眼，没有人会去想，繁花散尽后的落寞。男友来看她，曾嫉妒地问过她，学校里好多人追你吧？她每次都调皮地笑笑，挽过他的手臂：走，等你好久了，我带你去校门口新开的一家火锅店吃火锅。

　　没想到，最后居然是他先背叛了她。而且这么耀武扬威地带着新人出现在她面前。她在那个娇小的女孩面前，仿佛身子越缩越小，变成了高中时他拿着放大镜在大太阳底下照着的纸上黑点，终于"腾"地一下，火苗蹿起来，却再也不见他像孩子一样搂着她高兴地大叫，只剩下心口灼烧，几乎要疼晕过去。

　　原来，心痛真的会有生理上的痛，而不仅仅是心理上的。上官翎默默地想。年轻的时候，我们总是轻易地就会赴汤蹈火，去撞南墙，还以为那才是伟大，其实，谁都改变不了世界，改变不了结局，也改变不了别人，只感动了自己。

　　而压倒骆驼背上最后一根稻草的，是某天她像平时一样坐在单位办事大厅的窗口后面，告诉一位满脸倦色的中年妇女材料不全不能办理的时候。许是被烦琐的审批程序所累，中年妇女突然一下怒不可遏，把一沓复印件扔到她脸上：你这一辈子也就只配干这些事了！

　　那一刻，上官翎心里的灯全灭了。办事大厅依然人来人往嘈杂无比，但她的心里寂静无声。她弯下腰把散落在地上的材料捡起递回给那个人，然后一言不发地离开了单位，并且再也没有回去。

有段话曾经在网上被转发无数：什么时候出国读书、什么时候决定做第一份工作、何时选定了对象而恋爱、什么时候结婚，其实都是命运的巨变。只是当时站在三岔路口，眼见风云千帆，你做出抉择的那一日，在日记上，相当沉闷和平凡，当时还以为是生命中普通的一天。

当时只道是寻常。但，这一天终究是来了。

后来我听说，上官翎一向严厉的父母狠狠地把她骂了一顿，也没能让她回心转意，就连最后的离职手续，都是她的父母赔着笑到单位去替她办好的。再见到她，已经是一年后，在W市的一家高档餐厅。我恭喜她重获新生，她轻轻地晃着高脚杯里的红酒：

有整整半年，她在G市四处投简历，大部分都石沉大海

了，她不得不和父母讲和，求父母托关系牵线，好不容易有一家公司愿意给她机会面试，那里的总监上上下下打量了她一番，从鼻孔里"哼"了一声，说："既然是谁谁谁介绍的，那今天就是走个过场，明天来上班吧。"

"我没有去那家公司上班。我不想一直背着轻蔑过日子，就像当初在体制内一样，我想让那些人都看到，我，上官翎，不仅有自己的骄傲，还是真的真的，有能力过上让你们都艳羡的生活。"

这当然不是一个奋发图强的励志故事。上官翎告诉我，回到 W 市后，投简历找工作升职加薪异常地顺利。刚开始，她以为是幸运女神终于降临在她这个可怜人身上，后来才发现并不是这样的。"只不过是因为 W 市太小了。"她大笑："当然，还有我曾经的实习经历本来就漂亮。"

"那他呢？"这是自她分手后我第一次敢在她面前提起那个"负心汉"。

"我跟他再也没有联系。不过，曾经我以为，要再找一个比他更优秀的男朋友，才敢出现在他面前，但是现在，我单身，也不惧怕哪一天在街角遇到他。"上官翎抚了抚垂到耳边的精致卷发。我知道，曾经的事真的已经从她心里烟消云散，没有恨，没有刻意的倔强，她真真正正地跟内心那个总是胡乱冲撞毫无方向的小女孩说再见了。

我明白她的意思。走过人生的坎坷路，本以为会对那些路上曾经贬低和污蔑过我们的人，来一场短兵相见的快意恩仇，但往往会发现，其实已经无所谓了。

那些温暖我们的陌生人

在费雯·丽主演的《欲望号街车》里，一个女人因为一段风流韵事被解除了教师职务，逃到了唯一的妹妹家里居住，并和妹夫的朋友相爱了。

妹妹的丈夫厌恶她，认为她不值得信任，会给妻子和朋友造成不好的影响，于是揭穿了她的谎言，令她失去了爱人。在一次酒后，他发现她居然还准备"同以前的男友私奔"，疯狂之下强奸了她。她被送进精神病院，哀求医生不要捆绑自己，医生同意了。剧本里这样写道：

"他（医生）温和地拉她起来，用胳膊扶着她，领她穿过帘子。布兰奇（紧紧抓住他的胳膊）：不管你是谁，我总仰仗陌生人的善意。"

这句话在美国红了三十年。我们今天看到的常态，是一边抱怨人性冷漠，一边又指责他人麻木不仁。但另一方面，我们又习惯于只对不熟的人袒露心里话，却对日日相见的人保持距离。

大多数时候，熟人之间的情感是互为支撑的，互相鼓励，互相关心，互相在乎，这也是维持长久关系的保证，没有人可以在一段健康的关系里只获取而不付出。但在陌生人的关系里，你不需要维持这样一对一的赠与和回馈，即使有，也只是为数不多的一次、两次。

你不需要长久地因为关心和鼓励一个人而成为他 / 她的倚仗。在你特别需要慰藉的那一刻，你可能还处在熟人的倚仗角色里，你迫切地需要另一个人暂时的依靠以供喘息。那时候，陌生人无论给你多少，你都会觉得恩重如山——而且，你并不需要偿还。

有一次，日本茨城县发生五点六级地震，一个震区的姑娘因为没对象没朋友，身边也没有人慰问她，倒是她在名古屋旅游时去过的一家执事咖啡店，给她发来了一封邮件，翻译过来大概是这样的：

方才，我等在新闻中得知 ×× 地发生强震。梨沙小姐，贵体可仍安好？不知府上及御用各处，是否受到影响？委员会全体成员、名古屋临时宅邸的仆从们，都感到十分担心。（若无恙无须回函。）

我等知晓，即便地震过去，小姐心神也难免

有些许动摇，今后若无反复则是万幸，但还望小姐量及万一，谨防余震。我等遥在名古屋之一隅，祈念梨沙小姐万安。若有御示，切望吩咐，定效犬马之劳。

可能大部分人都收到过这样商家的邮件，就如过年时候那些格式一致的拜年短信（微信）一样，倘若加上了你个人的称谓，就显得多了几分用心。

陌生人的善意之所以难得，是在于你只有特别需要的时候才会注意到并且为之感动。每当想到过去有这么多的善意曾被自己忽略，就值得我们收起一万遍自怨自艾。

我有个和我做了好多年同学的朋友，在大四那一年准备考托福，想申请全额奖学金的学校，刚开始她特别拼，不久就有点后劲不足。那阵子，每天晚上都看她在换 QQ 签名，不断地发牢骚，也不断地跟我们诉说如何如何坚持不下去。

我们劝了她很久，什么"尽人事听天命"啦，什么"再坚持一下，以后就找不到后悔的借口"啦，什么"免除干扰会收获最大的胜利"啦，还积极地帮她到各大论坛"取经"，帮她搜集资料，时不时拽她出去逛个街，谈谈心之类。

这些作用也不是很大。好一段时间，她还是恹恹的，食欲也直线下降，从前一个快乐的小吃货，也变得对我们推荐的新店毫无兴趣。我也有过这样的阶段，感觉就像凌迟一样，自己和身边的人看着都着急，却什么都做不了。

后来有一天她突然好了，又开始精神抖擞地去图书馆"霸位"上自习，我好奇地问她，谁给你打了一针这么强劲有效的鸡血？

她神秘一笑："其实也没什么，就是好久不联系的初中同学给她留了句话。"

"什么话？"

她告诉我，在她频繁变换的 QQ 签名里，有一天她写的是：为什么这个冬天这么冷，梦想这么难？那个初中同学在下面评论说：是因为梦想变难了，这个冬天才会那么冷。

"就这么简单？"我有点难以置信。

"你想呀，这些年我从来没有跟他交谈过，彼此都不知道对方的境况，就是这样突如其来的一句点拨或者懂得，才更能直射心灵，照得阴霾无处遁地，甚至有种醍醐灌顶。"

你看，这些话从来都没有直接告诉我们该怎么做，而且，人生很多时候都是一个人的战斗，别人不能替你疼，不能替你坚持下去。但我们偶尔就需要黑暗通道里的一束光，照亮我们心底的那块雪地，在我们差点就要滑倒的时候。

来自陌生人的善意，可能并不能给我们的当下指出明路，让我们的人生有多大的改观，它的作用往往在于，提醒我们这个世界上除了亲人和爱人的呵护，还有另一种温暖，另一种搀

扶，及时地点亮了那盏雾中的灯。

《挪威的森林》大概很多人都读过，不知大家是否注意到最开头的那一段描写。三十七岁的渡边在飞机降落的时候，头脑涨裂，其实他并不只是因为飞机着陆而感到不舒服，还有一部分原因是来自机上扩音器传来的《挪威的森林》这首甲壳虫乐队的音乐唤起的回忆，"比往日还要强烈地摇撼着我的身心"。

为了不使头脑涨裂，我弯下腰，双手捂脸，一动不动。很快，一位德国空中小姐走来，用英语问我是不是不大舒服。我答说不要紧，只是有点晕。

"真的不要紧？"

"不要紧的，谢谢。"我说。她于是莞尔一笑，转身走开。音乐变成彼利·乔的曲子。我仰起脸，望着北海上空阴沉沉的云层，浮想联翩。我想起自己在过去人生旅途中失却的许多东西——蹉跎的岁月，死去或离去的人们，无可追回的懊悔。

机身完全停稳后，旅客解开安全带，从行李架中取出皮包和上衣等物。而我，仿佛依然置身于那片草地之中，呼吸着草的芬芳，感受着风的轻柔，谛听着鸟的鸣啭。那是1969年的秋天，我快满二十岁的时候。

那位空姐又走了过来，在我身边坐下，问我是否需要帮助。

"可以了，谢谢。只是有点伤感。"我微笑着说道。

"这在我也是常有的，很能理解您。"说罢，她低下头，欠身离座，转给我一张楚楚可人的笑脸。"祝您旅行愉快，再会！"

触景生情是成年人才有的情感，我们往往会在某个时刻，因为一首歌，一个似曾相识的背影，一处曾经的风景而感慨万千，因为我们曾经在其中，付出了如此丰盈的感情。追悔或者遗憾，都是难以自拔的情绪，有人在旁边，出于礼貌地担心你并表示理解，那该是多么有幸而令人感激的事。

某一年的情人节，商家促销得极其凶猛，从网络到地铁广告，铺天盖地都是甜蜜的宣言。这些对于刚失恋的薛小姐而言，到处都像是刺眼的嘲讽。一路走回家的路上，不断有小姑娘小男孩拿着玫瑰花拦住她旁边走过的情侣，她在那一刻觉得，全世界似乎只有她站着的那块空地是冰凉的。

走着走着突然有个卖花的阿姨过来问她买花吗，薛小姐觉得很烦躁：谁这么不长眼，没看见我单身吗。她摆摆手："不了，我刚分手。"结果那个阿姨把手里的一束花递过来说，那这个送你了，开心点儿。

薛小姐惊讶地抬起头看她。阿姨的眼睛亮亮的，像夜空里的星辰："我也刚离婚，老公把儿子带走了。"薛小姐捧着那束花走回家，路上行人纷纷回过头来看她：一个年轻女孩，捧着一束娇艳欲滴的红玫瑰，眼角挂着泪，却一直笑着。

她终于觉得自己不再是孤孤单单的一个人。

　　当年张国荣跳楼后的第三天，有个女听众打电话到一档通宵电台节目里，声泪俱下，说她当年住在 Kadoorie 大街，和张国荣是"街坊"。因为刚和丈夫离婚，万念俱灰，深夜坐在路边哭了很久，一个陌生人驾车经过，见状把车停下，她当时已经很失控，不停地喘大气，陌生人来到她身边，问有什么可以帮到她，她说没有。

　　她没有抬头看那人是谁，只是听着声音很熟悉。接着她跟他说，你就让我自己一个人静静。那个陌生人说："在这个时间内，我想你需要人帮，有人跟你聊聊。"她说："你不要烦着我，你让我自己一个人待着吧，我不是你想象中这么容易帮，我有病的。"

　　她指的是，自己有抑郁症，但她不想告诉陌生人。她只是一个劲儿地催促他走开。后来她闻到他身上有一大股酒味，不知怎么，她反问他：你很不开心吗？

　　突然在那一刻，她感觉到彼此之间似乎有某种共鸣，于是她开始敞开心扉，和他聊了很久，他和她聊自己相似的感受。天亮的时候她抬头，才发现是张国荣。她说，可能他不知道，那一晚他救了我的命。后来五年里，张国荣一直打电话给她，问她进展如何，看医生有没有好转？

她真的继续去看医生，积极去面对抑郁症，病渐渐就好了。在电台里，那个女听众反复说着一句话："你们媒体别再中伤他，他真的是个好人，只是那个病打倒了他，你们不要再中伤他。"

最后她说："我希望像他一样，能帮一个是一个，能救一个是一个。"

有人说，这个世界上没有人有义务对你好，除了你爸妈。是的，正是因为这样，在我们面临人生考验的时候，一些跟你并无相关的人哪怕给你一点儿温暖，都是相当难得的。但在这个世界上，总有陌生人付出善意，无论是否顺手顺路。他们对于我们生活的意义，也许就是一种无形的鼓励，不仅驱逐阴霾，还能影响我们成为正直善良的人。

电梯门打开的时候，有人会一直不耐烦地按着关门的键，稍微反应慢点的人很可能会在出门的时候被夹那么一下子。有人会按着开门键，等到没人再出去了，才换成关门键。

我还遇到过这样的情况，进门按了自己的楼层就开始低头玩手机，听到"嘀"的一声以为到了，头也没抬就出去了，到了转角才发现不是自己公司，转头回到电梯间准备等下一趟，没想到里面的一个人居然一直按着开门键，等我再次进去了才关上门。

后来在自己住的小区，倘若电梯里人不太多，我都会注意一下街坊按了哪几层，要是有人像我当初那样莽莽撞撞地走错了楼层，我也会按着等他（她）回来。

去年，我刚从亲戚家搬出来，一个人住在三十平方米的一室一厅，出去倒个垃圾什么的很容易就把门带上。第一次门"砰"的一声被风吹关了的时候，我就傻了眼：穿着睡衣，没带钥匙，没带钱，没带手机，当时大概晚上十一点多，楼下的开锁店早就关了。

我走到一楼，才想起楼下的门也有门禁。我只好一层一层楼地去看哪家还开着灯，一直走到三楼，敲门后有人开了半边门，是个老爷爷。我说我是九楼的住户，没带钥匙被锁外边了，能不能帮我开下一楼的大门，我出去想想办法。

老爷爷很爽快地按了开门的按钮，还一直站在门边，说家里的按钮不太好使了，你到下面看看门开了没，我等你出去了再关门。我出了大门以后，听到老爷爷在楼上喊了一嗓子：姑娘，出去了吧？我赶紧应了一声，才听到楼上防盗门关上的声音。

后来我沿着路边走，下着大雨，一双棉拖鞋很快湿透了，突然后面有把伞撑到了我的头顶，我转头一看，是一位执勤的巡警。他问清了我的情况，说自己认识一位靠谱的开锁匠，可以帮我联系。

我当时已经决定回公司取钥匙。临走的时候他把伞给我，叮嘱我实在不行，可以回来找他帮忙。他指了指不远处的一个保安亭，就冒着雨冲过去了。

有段时间工作特别辛苦和奔波，频繁地做梦，梦见自己回到了小时候，手里的氢气球没抓紧飞走了，拼命追了好久也没追上；梦见在崎岖的路上狂奔，身后是巨大的恐龙在追，实在爬不动了，跌坐在地上绝望地大哭：我只想和以前一样。

梦境放大了我们的恐惧，但醒来也只能一直往前走，谁都不能回到过去，在温暖的港湾里，永远不用面对苦难。遥远的温柔，解不了近愁，是那些身边的陌生善意，支撑我们走过了许多无助的瞬间，给过我们狼狈下的感动，促使我们变成了更好的人。

如同少年不惧岁月长

因为工作关系接触到很多商务人士。穿黑西服套白袜子，每当走路或者无意抬腿的时候，总会露出那一圈不合适的白；西装革履的年轻人，却挺着十分明显的"啤酒肚"；腰臀赘肉多却穿着紧身又微透的裙子，坐下来"游泳圈"毕现的；露背却勒出一道边的；包臀裙过短一坐下就现出粗壮的大腿的。

对自己要求不高，总会露出破绽，不仅仅是外表。

我曾经有过一位三十五岁左右的女上司。那段时间我的座位就在她办公室的门口，她习惯早到，每每我到公司的时候，她已经精神焕发地坐在办公桌后面了。她的衣着总是简单大方，从不穿鲜艳的颜色，总是沉稳的黑、白、暗红、墨绿，材质真丝或者羊绒。虽然偶尔也会有穿皮草的时候，但也不是特别厚重的样式。

有一次，主办方颁奖，我看她站在一群大腹便便的中年男人中间，还是小西装，长及小腿的真丝连衣裙，长至胸前的大卷发，看起来成熟又温柔。

我到公司不久，她交给我一个任务，主持一个专家沙龙。下来后她跟我说，裙子要穿过膝的，而且不能手托着腮看着对方的眼睛。

公司的年度盛典要求穿旗袍，我需要站在红毯的尽头采访。请了外面的人给所有的工作人员化妆，轮到我的时候，她叮嘱化妆师，因为要跟嘉宾近距离交谈，不要用夸张的假睫毛，妆感自然点，把头发全挽上去。

有一次跟她一起出差。在路上她告诉我，前一晚工作到凌晨。她疲惫地笑笑，可是脸上的妆容一丝不苟。上了飞机，她就换了双轻质拖鞋，十分钟后她从卫生间出来，妆已经卸掉了，隐形眼镜也摘下来了，头发松松放下来，回到座位上戴上发热眼罩就沉沉睡了过去。飞机上响起快要降落的广播时醒过来。

去卫生间戴隐形眼镜、化妆、梳头，回座位换鞋，一气呵成，又是刚上飞机的精致模样，只不过疲惫感已经荡然无存，一副精神气十足准备战斗的状态：因为时间紧急，我们一下飞机，就要直接到对方公司谈方案。

我好像从来没有看到过她不整洁、不得体的时候。她不染发，因而也不会出现"黑黄不接"的发色断层局面；一般只涂裸色指甲油，也从没看见过剥落露出营养不良的指甲盖的样子；嘴唇永远不会有干裂脱皮的时候。

如果说这一切都只是外表上的"得体"，那么，几乎见不到她高声大气地说话，也没有特别严厉地批评过我们。很长一段时间里，我总觉得她不像我的领导，更像是每个人初高中的时候都会遇到的一种英语老师，时髦、亲切，干脆又利落。

有一次，加完班在电梯间看到她，闲聊几句后，她问我："你买房了吗？"我有点不好意思地说："没有，刚工作，没什么积蓄。"她又问："有做什么理财吗？"我更难为情了，因为那个时候，我几乎是"月光"，钱从来都不够花。她看出我的想法，笑着说："我是不是要检讨自己给你们加薪力度不够了。"然后又说："女孩子每个月的工资都要计划分成几份，要懂得投资，投资自己。"

那时候我太年轻，并没有太理解其中的含义，羡慕她的生活和工作状态，却以为那都是金钱和地位达到一定程度后才能拥有的东西。

搭配衣服，打理头发，合适的妆容，拎合适的包，用护手霜，喷不刺鼻的香水，这是一个女孩子最基本的修养；坚持运动，多看点鸡汤和商务之外的书，再进阶一点儿去考个对工作有用的资格证，或者学个乐器，就是提升。这些都不难，只要你愿意稍微努力些，随着阅历和薪水的提高，让自己变好看变瘦变优秀，几乎是顺理成章的事。

难的是，如何在任何糟糕的状态中都保持自己的情绪，在任何不幸的遭遇里都能迅速地从中脱离出来，以至于让自己突然陷入困境时不至于太狼狈。要一直保持着对自己高的要求，才能不断地在提升的人生中，准确地抓住自己的弱点。

我也是过了很久才明白这些道理。

以前在学校，失恋的时候就不去上课，躲在宿舍里睡得

天昏地暗，像个鸵鸟一样，以为只要看不见，就没有危险和痛苦。后来上班了，不能随便请假，压不下伤心的情绪，但也开始知道，别人只看得到你脸有多臭，根本不会知道你内心有多翻滚，而且同事之间的情谊，也不够体谅你的地步。

因为一次误会离开公司，才发现身上的钱只够交两个月的房租，还没算上生活费，不得不为自己的任性买单，仓促地开始找下一份工作，根本来不及想清楚自己想要做什么，并且在每一次面试的时候都要尴尬地面对"你为什么离开上一家公司"这个问题。

在工作中，总是摸不透领导的脾气，每做一个方案，都要做好通宵修改的准备——事实上，也的确为此通宵过无数次。受不了对自己作品的质疑，总结不出经验，也控制不住自己的抱怨，越来越歇斯底里，甚至把情绪发泄到亲近的人身上。

总要遇到错漏百出的时刻，才能明白要怎么走过未来的千山万水。天台倾倒理想一万丈，尝遍每个狼狈时光限时赠送的糖，才能站在朝阳上，脱去昨日的迷茫。正如《历历万乡》中的歌词，城市慷慨亮整夜光，如同少年不惧岁月长。你想要的，我想要的，只是和别人的不一样。为这一点点不一样，我们要倾囊勇往，不负众望走一场。

网上流传着这样一个故事，说是"智商够高就不需要情商",很多人为此奔走欢呼,自负地将自己归类。在地铁上被拍到秃顶、潦倒模样的窦唯,被网络嘲笑"不体面",也照样有更多人为其辩护"神不需要追求外界认同"。但是,我们中的大部分人,都是普通人而已,我们都需要"跟这个太过麻烦的世界多打交道"。我们需要尽快摒弃的,是追求"诗与远方"的这场混战中,装 × 的虚荣感和"鸡汤"式的人生。

美国一百零一岁的奶奶画家 Grandma Moses 说,我今年一百岁了,但我仍感觉我是个新娘,我想回到最初开始的地方,重新来过。人生永远没有太晚的开始,如同少年不惧岁月长。我一直记着那个永远温柔和精神焕发的女上司,她曾经和我说过一句话,让我在许多个萎靡不振的时刻惊醒过来:

"你总要想想,二十年后是什么样。"

当你还能感到疼痛

那年,小妮还只有八岁,在念小学二年级。

成绩不好,被骂是家常便饭的事,尤其是家长会后。

印象最深的一次是在暑假里,虽然妈妈给她规定了每日要完成的作业,但是,在那个时候,哪个小孩不是临开学前几天才匆匆忙忙地写作业呢。小妮也不愿做作业,准备趁着大人上班,偷溜出去找小伙伴玩。

有一天，也不知怎么回事，爸爸到了上班的时间却还在家里。小妮看他在房间里接了一通电话，就把房门反锁了。小妮有点纳闷，等了一会儿，也不见爸爸出来，就忍不住跑到楼下座机想打电话找同学出去玩。

一拿起座机，里面传来一个女人的笑声，她吓了一跳，仔细听了一会儿，电话里还有爸爸的声音，两人似乎很熟的样子。她能肯定那个不是妈妈。

小妮把这事告诉了妈妈。她记得，那天家里爆发了前所未有的大"战争"：妈妈指着爸爸骂，又随手把旁边的花瓶、电话机、水杯等往地上砸。

爸爸刚开始面红耳赤地想要说点什么，后来也索性像妈妈一样开始砸东西。爸爸力气大，砸的都是大家电。最后，小妮看见爸爸举起家里的电视机，眼看着就要往地上摔的时候，她"哇"地一下哭出来了。

后来在妈妈常年的絮絮叨叨中，她了解到那个女人是爸爸结婚前的女朋友。

她似乎也是见过那个女人的，在离家不远的一个咖啡馆，看见过爸爸和一个打扮很时髦的女人面对面坐着。

"我妈妈才不会化那么浓的妆咧。"

那个时候，小妮还自言自语道。不过，那段时间，家里已经常"硝烟弥漫"，小妮似乎懂了些什么，也没有把这事告诉妈妈。

后来爸妈没有离婚，也许为了顾及小妮，家里也很少再有过这么激烈的争吵，但冷战却很频繁。妈妈变得越来越神经质，总是拉过小妮的手就讲一大堆爸爸的坏话。

小妮不喜欢爸爸，也许是从那个女人的电话开始的。她也不喜欢妈妈，因为那些絮叨，使她的童年常年笼罩着阴郁的气氛，她开始不愿回家，哪怕是坐在空无一人的教室里，一遍又一遍地读着语文课本来给自己壮胆。

斯科特·派克说过，童年一盎司的阴影，长大后会变成一千吨的自毁。小妮也见过同学和谐的家庭，他们的父母都很恩爱，做饭时厨房笑声阵阵，饭桌上也给彼此夹菜。

很多年以后，小妮才知道那样的家庭其实很普遍，那样的关系也才是正常的，但是整个童年，她从来没有在家里看到过那些"平常"的场景。

她只看过幸福的片段，却不知道怎样才能获得这样的家庭。到了青春期，身边的女同学悄悄地互换秘密：我要找个跟我爸爸一样又帅又高大的男生做男朋友！高年级的 X 学长，跟我爸一样

体贴！我喜欢我们班的小志，因为他房间里有和我们家书房一样大的书柜！我要长大了再谈恋爱，找个像我爸一样的教授！

女同学们戳戳小妮的腰：你想找个什么样的男朋友？小妮张了张嘴，吞下一口空气，却什么都没说出来。

她不想找像爸爸那样"出轨"的男人——那个时候，小妮刚刚知道这个词，认定爸爸就是这样的人。"厌"屋及乌，她甚至对和爸爸一样高大，戴眼镜的男生都心生厌恶。

最重要的是，从来就没有一个"模范"，能够告诉她，什么样的男人才是"好"。以至于在后面的恋爱里，她一直懵懂地听不懂旁人的劝告"这个人品格不正""他是个很自私的人，以后会对你不好的"。她只会一味地付出自己的好感、喜欢、爱，不懂得收放，也不懂得经营。

小妮陆续谈了两次恋爱，有一次是异地恋，抱着"哪怕多见一分钟都觉得宝贵"的想法提早到机场等男友，但男友因为临时有事改签又忘了告诉她，她等了足足四个小时，然后发了条短信就跟对方说了"拜拜"。

有一次，和另外一个系的系草恋爱，两人一起去青岛旅游的时候过了夜，小妮事后问他，如果我"中彩"了怎么办，系草轻描淡写地说，吃避孕药吧。后来小妮自己买了紧急避孕药，但从此没再理他。

其实小妮长得不错。清清爽爽的长发，眼睛很迷人，侧面轮廓尤其漂亮，和妈妈一样，不爱化妆。大学的时候，常常有很多外系男生特意选修了她要上的课，在课堂上偷偷看她。

在她谈过的恋爱里，前期总是沉浸在甜蜜得腻人的亲密关系里，但总是一秒钟变脸。她很容易不耐烦，也很难忍受对方哪怕一点点瑕疵。即使是在双方感情最好的时候，她也经常疑神疑鬼。

再后来，小妮遇到了季豫。

季豫像一个天生就自带阳光的男孩。他身上似乎从来没有负能量，小妮也从来没听他真正抱怨过什么。

最让小妮动心的是，季豫总是温柔地包容她所有的不耐烦、焦躁，在她害怕的时候给她拥抱，在她退缩的时候给她鼓励。无论她有什么想法，季豫总是支持她去实现。

因为和他在一起，小妮觉得自己比过去多了许多勇气。不，不是不害怕，而是尽管有时还会感觉畏惧，但仍然敢迎难而上，尽管知道会有伤害和痛苦，仍然能直面风险。因为她知道，就算直直朝后倒下去，都有季豫稳稳地接住她。她是如此确信，超过了对自己的信任。

当季豫第一次带她回家的时候，她就明白他为什么会有这样的性格。

季豫的父母，都是大学老师，不说相敬如宾，而是真正懂得关心和包容对方。在这样的家庭长大，肯定很幸福吧。小妮羡慕地对季豫说。

"我们以后的小孩也会这样幸福。"季豫抱住她。"不，我可能很难拥有那样的家庭。"小妮忍不住向季豫倾诉了自己童年的经历，那是她第一次，跟人讲起自己的家庭。

没想到季豫很轻松地拍拍她的头，说："父母的事，就让他们自己去解决，你看我们，也没有完完全全重复父辈的路呀。"

其实过了这么多年，小妮也已经知道，当年爸爸并没有做过什么出格或者对不起妈妈的事。

当时前女友离婚，心情不好，跟爸爸倾诉几句，而爸爸怕妈妈知道后不理解，所以那仅有的几次来往，也都是瞒着妈妈的，只不过越瞒就越像"心里有鬼"，反而酿成了日后的隔阂和争吵。

不知道从什么时候开始，小妮也不再以爸爸的标准来苛刻男朋友。虽然直到现在，她仍然不喜欢爸爸当年的做法，也不喜欢父母相处的方式，但，就如季豫说的那样，那是他们的感情问题，自己有什么资格去插一手，或者去怨恨呢？

而且，没有一个完美和谐的家庭，从来不是自己的错，也并不代表自己以后的家庭也会这样，更不代表自己因为童年缺失，就能够理直气壮地跟陌生人要安全感，要无限量

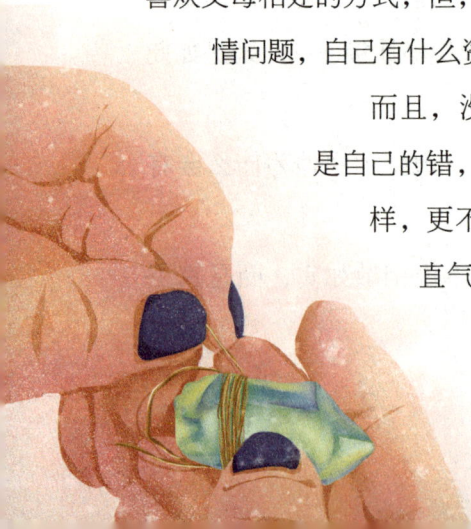

的宽容和拥抱。

当小妮想通这一切的时候，她发现，曾经的弱小，不完美，偏执，以及突如其来的害怕，都只是生命中的必经之路。而这一切，是季豫为她点石成金，让她像爱丽丝一样可以梦游仙境。

"如果没有季豫，你会不会变成现在这样？"

小妮面对死党这样的问题，眨巴眨巴眼睛：

"其实是我已经变了，再遇到季豫，就是迟早的事了。"

我想和你虚度时光

浩宇来到这座城市已经整整八年了。

刚毕业的时候，因为专业冷门，到哪也找不到工作，看到一家医药公司招销售，就去了，没想到，愣是把他这样一个木讷的理科男生锻炼出了一副好口才。后来他从销售行业转行做企业培训师，交了个女朋友，也是同行，叫沈君瑜，人和名字一样好看，高挑，说话细声细气，但听起来很令人舒服。

当时君瑜还在，他懒，每年职业资格考试她催他复习备考，他就撒娇买套题，却从来没做过。好在公司开明，并不一定要求员工执证才能上岗。直到一个月前，君瑜走了。

说起来是场不可思议的事故，但偏偏普通人的人生也充满着不可预知的悲剧。

那是龙川的一只氢气球，飘飞三百多公里后，降落在浩宇上班的写字楼前的空地上。那天，浩宇说要加班，君瑜说那我过来接你，一起去书店买套考试题。浩宇说好。那是下班时间，氢气球降落后，很多人上前围观，君瑜不知道发生了什么事，也跟着人流过去。就在这时候，气球突然爆炸了。

　　巨大的气浪冲向人群，伴随着一大股火苗。那场事故造成了七人被灼伤，君瑜是伤得最严重的一个，浩宇赶到医院的时候，君瑜已经被蒙上了白床单。

　　浩宇有点恍惚，就在早晨，他们出门前还因为一件小事吵了场小架，对，在浩宇看来，那只不过是一件小事，他不耐烦地朝君瑜吼了句："你到底想怎样？"君瑜突然停止了指责，面容又憔悴又忧伤："我不想怎样，但至少不是现在这样。"他还没回过神来，君瑜丢下一句话就出门了："杭浩宇，你该成熟点了。"

　　男人年轻的时候，听到女人这样的话难免气盛。浩宇一整天都没理她，倒是快下班的时候君瑜主动给他打了个电话。那会他心里还有气，加上手头还有工作，就嗯嗯啊啊地应着她而已。只是没想到，那竟然成了诀别。

　　浩宇呆立在医院的走廊上，被匆匆走过的人群挤得险些站不住，他看着君瑜的家人在面前号啕大哭，却动弹不得，他想开口说句话，却听见自己的声音，孤孤单单地，如游丝般消失在空气里。没有人理会他。

他跟跟跄跄地逃出医院，回到家里，他习惯性地进门先喊一句"我回来了"，但那天，他刚张开嘴，才想起君瑜已经不在了，没人再应他。

他在黑暗里坐着。不知过了多久，他起身，从书柜上方摸出去年买的那套企业培训师考试资料，封面已经蒙上了薄薄的一层灰。他掸了掸灰，对着空气说，我想参加下一次考试。这次是真的。

附近有一家二十四小时书店，他下了班就会去那里，点杯咖啡或者花茶，就可以坐一晚上，周末的时候，他甚至三餐都在那解决。

但事实上，一连过去两个星期，他什么都没看进去，更别提做题。只要一坐下，他的眼前就会浮现出君瑜的脸，忧伤的，温婉地笑着，模模糊糊，渐次出现又消失。他想起自己下班回家后从来没做过饭，总是打着游戏等君瑜回来做。

他嘴甜，夸夸君瑜手艺，君瑜就又心甘情愿地为他洗手做羹汤。有时要加班，君瑜就叫他先去市场买个菜，他都懒得去，君瑜下班菜场关门了，超市又远，只好打包饭回来两人凑合着吃。

浩宇想来想去，这些年，好像一直是君瑜照顾着他，以至于他连家里的胡椒粉是黑的还是白的，放在厨房哪个格子里，雨伞被收在柜子哪一层，甚至自己的袜子有几双，内裤有几条，都搞不清楚。他的生活彻彻底底地乱了套。

而就在这个时候，公司突然开始审核员工的执业证，他没有，被强行降了一级，和比自己晚来几年的后生平起平坐。他心烦意乱，走到二十四小时书店，自然书也是看不进去。当他从书店的三层小阁楼往下走，木质楼梯发出轻微的咯吱声时，他觉得周围的一切都变得十分陌生。

楼梯边上有些海报，有一张黑白的海报，字迹已经有点模糊，他被上面画着的一只奇怪的鸟吸引了，停下来凑近了看，下面有一行小字：有一种鸟没有脚，它只能一直飞。浩宇想，我的脚已经废掉了，我找不到我想要的生活了，所有曾经享受过的美好都已经消失殆尽。糟糕的是，我连翅膀都没有。

那天晚上，他到广场跑了两圈，跑完后，一屁股坐在潮湿的双人椅上时，脑子里只有一个念头：妈的，我要走，我要离开这里。

那时候他已经打算好回家就收拾行李，然而，走到半路，他突然想起，那本考试用书还放在二十四小时书店的桌上没有拿。那是君瑜买的，他要把它带在身边。于是他返回了书店。当时已是夜深，书店里已经没有多少人，他拿走自己的书时，无意间瞥见旁边免费看书的桌子旁，还坐着一个女孩。

浩宇从来不喜欢和人挤在那像课桌一样并排着摆放的书桌上看书，尽管那些桌子没有要求消费，尽管这家书店的咖啡和西餐，并不便宜。

那个女孩看起来像个学生，或者刚毕业不久，穿着红色的帽衫，牛仔裤，扎着松松的马尾，趴在桌上似乎睡着了，手臂下还压着一本打开的书，一只黑色的双肩包挂在椅子背上。

那一刻他有种异样的感觉，仿佛是心心念念的君瑜回来了。但眼前这个女孩，显然和君瑜一点儿都不像。君瑜瘦瘦的，有点黑，喜欢穿职业套裙，而她侧脸看过去有点婴儿肥，很年轻。他上前轻轻地推醒她：嘿，你的背包拉链开了，小心里面的东西。

后来，浩宇知道了那个女孩叫肖雨芯。再后来，他知道肖雨芯在一家外贸公司做韩文翻译，下班接点翻译的私活，常常会带来书店做。再后来，你们都猜到了，他们在一起了。刚开始，浩宇以为肖雨芯是君瑜冥冥之中带给他的天使，让他不要离开这座城市。但他很快发现，肖雨芯和沈君瑜完全是不一样的两种女孩。

　　以前，君瑜总是催他考试，埋怨他不上进，但肖雨芯从来不会，她总是说，你要觉得开心，怎样都好，不想考，咱就不干这行了呗。不过，肖雨芯越是这样，浩宇越是觉得自己应该打起精神来，把证考下，争取年内恢复原职。他比以前更有责任心，也开始为别

人着想了。雨芯不会做饭，并且还总爱吃垃圾食品，他就每天早一点儿下班，拿着菜谱一样一样学习，做给雨芯吃。

有天晚上，浩宇在厨房忙得不可开交，向客厅喊了雨芯过来：给我拿瓶胡椒粉来。雨芯蹦蹦跳跳地跑过来打开橱柜门，一边找一边问："要黑的还是白的？"他一下就愣住了。他想起曾经，他也是做菜连胡椒粉要放黑的还是白的，都搞不清楚，而现在，他居然会了这么多，他居然好好地生活下来了，没有走，也没有逃。

他想起君瑜走的那天早上对他说的那句：杭浩宇，你该成熟点了。

沈君瑜，我终于意识到了责任、用心和如何照顾人。浩宇对着空气说了声："谢谢。"肖雨芯没听清，大声问："你说什么？"浩宇接过她递来的调料瓶，撒了一点儿在吱吱作响的牛扒上，翻煎起锅："没什么。"

浩宇向肖雨芯求婚的那一天，他请来这些年最要好的朋友，其中也不乏见过他和沈君瑜恩爱多年的朋友，在肖雨芯的公司楼下，他单膝跪下，打开一个精致的小盒子：

"我曾经虚度过世界，也曾经以为不要辜负任何人的期待，遇见你之后，我想和你虚度一切时光，不再匆匆赶路，和你一起散步，坐在草坪上发呆。我想停下来了，但我也想和你一起飞。"

所有的美好，都会抵达

夏蕉到日本已经三年了，但一切还像是梦一般。有时候她望着车窗上自己的倒影总会恍惚："我，回来了"还是"我又离开了"？

最真实的时刻，大概是作为学生的最后一天，坐在电脑前看着即将提交给老师的报告，心有戚戚焉。分不清是留恋这段留学时光，还是放不下这里的一个人。

去年四月，她开始上他的课。姑且叫他祐祐君吧。祐祐君三十六岁，但是看起来就二十八九的样子，日本人，在川大念过五年博士。大家都说他是系里最帅的老师，他的课上女学生都是穿着黑丝黑皮裙来的。

祐祐君脾气好，在系里的名声也相当好，和夏蕉的主指导教授完全不同。

夏蕉第一次在讲台上发表论文的时候，教授当着四十多

个人的面打断她的发言，强硬地说："这是什么东西，完全看不懂！"夏蕉愣了一会儿，随后哭着跑出了教室。

下节是祐祐君的课，夏蕉也有论文要发表，但因为情绪不佳，她一直趴在桌上。

祐祐君一进门就看见夏蕉趴在桌上，问道："你累了？"

夏蕉吓了一跳，当时全班人都在，有个女生还特意穿了渔网袜，坐在老师对面。她忽然觉得全部人的目光都投在了她的身上，特别是周围的女生。

接下来她发表论文，他也不说她哪儿错，她提出问题他就解释。期间还有个小插曲。

祐祐君问了一个问题，刚说出一个术语，她也几乎同时说出了那俩字，他们都愣了。后面的发表夏蕉完全没走心，本来预计需要一节课的时间，她半个小时就匆匆结束了。下课后，她把论文拿给祐祐君看，但是因为日语不好，不想在他面前出丑，又急急地从他手上抽回来。他也没生气，只是淡淡地说论题范围太大，不好把握。

后来两人的交往渐渐多了，夏蕉向他抱怨被指导教授狠批的事，他也会跟夏蕉说日本对文科不重视之类略显苦闷的话。

夏蕉在国内大学时虽然也不太用功，但是毕竟还能和祐祐君交流一些学术上的东西，她时常鼓励他继续把研究进行下去。祐祐君也私下找了夏蕉的指导老师，说了很多好话，最后终于两人讲和了。

夏蕉喜欢看祐祐君的笑，他看她的时候，眼睛亮亮的。她撑着手看书，他会凑过来，撑着手，笑着和她说话。

夏蕉说着说着就看着他的笑眼失了神。她觉得他对她一定也是有感觉的。正是这种似有似无的情愫，让夏蕉在日本前两年的羁旅漂泊之感都在慢慢浮离自己的生活，取而代之的除了踏实、安心，还有……一种令她越来越习惯又越来越恐惧的依赖感。

有时候夏蕉逗他：我死了你会伤心吗？然后又说：我就是英年早逝的类型。祐祐君一愣：你死了我得负责的。

夏蕉看着他傻傻地笑。祐祐君摸摸她的头：心情不好可以去泡澡，这里阴天多，人容易抑郁。夏蕉抬起头看他，她特别想拉着他的手撒娇说：好啊，那我们一起去好吗？但她什么都没说，脸却更热了。

后来夏蕉回忆起那段日子，总是有些费解，自己为什么会被一些细微到不能再细微的温暖打动，全身心的只想要一刻的停留。

也许每个少女都有这样的时刻，以为世界浩瀚，有一时的缘分足矣，为一点儿爱就奋不顾身，哪怕对方什么都不说，什么都不给，都觉得他是青春里最值得的时光。

夏蕉在日本最后一个学期的课结束，她向祐祐君道别，说可能不会再回来了，祐祐君很轻松地说，保重身体，不要太放纵啊。夏蕉没有听到想要的留恋，敏感的心像是被针扎了一下，她赌气地飞快说了声好，就头也不回地走了。

后来夏蕉觉得好笑。她想要什么呢？张爱玲写，宁愿天天下雨，以为你是因为下雨而不来。而她夏蕉仓皇地逃走，以为这样就不用面对那些温暖的假象冷却下来。那些薄雾般的期待，教室里微妙而温存的兴奋，全都在她梦里一遍一遍地回放。天黑天亮，她不敢睁眼，她对这痛苦的来源，怀有久伤不愈的断定。

其实若是说一句"你带我走吧"，连自己都会觉得荒唐吧。

夏蕉读到《小团圆》，看到张爱玲给胡兰成写的诗："他的过去里没有我，寂寂的六年，深深的庭院，空房里晒着太阳，已经是古代的太阳了。我要一直跑进去，大喊我在这儿，我在这儿呀！"

她哭得不能自已。

她终于明白为什么梦里反反复复都是那些场景。

那些所谓梦里的远方，醒来也到不了。经年的山长水阔，不过是一场天涯梦。所幸的是，那些在他温柔的目光注视下的自己，一度丢弃了自卑和无助。月光下发出光泽的脸，她始终记得内心的天地。

你有没有和喜欢的人喝过酒

这是一个水瓶座"少女"与天秤座"大叔"的故事。

很多年后，婧依然记得，他们第一次见面的时候。他是一家知名出版集团的资深编辑，而她，是商学院大三女生，来面试实习生。婧开口叫他老师，而他微微地皱了眉：太生疏了，能不能换个称呼。婧觉得他皱眉的样子好笑，俏皮地说：那我叫你大叔吧。

有一次，她无意中翻到大叔的经历，手指抚过那些在她人生前二十年浅薄的经历里从来不曾想象的荣耀，便深陷其中。

这算倾慕吗？曾经婧也无法理解郭襄为何心里装下杨过就这么挂念了一生。

后来她明白了，普通的人生，看看玛丽苏文幻想下霸道总裁也就算了，但是如果真的有这么一个人，让你见识到了踏着七彩云朵披荆斩棘的英雄，很难不幻想，他是为自己而来。

每天晚上，婧躺在宿舍的床上，都会把他给她发过的微信看一遍，直到下拉到最后的语音"晚安"，她才甜蜜地抱着手机睡去。

她想，微信真好，还能听到大叔的声音，他升职时高兴的语调，辞职时低沉稳重的自信，聊单位同事八卦时的孩子气，谈到家事时的絮叨，都能让她陶醉好久。她想，大叔这么信任她，跟她说了好多事，他俩应该算是"亲密"的人吧。

有一次，因为赶出版进度，他们一直忙到凌晨一点，抬起头来才发现办公室里只剩下他们两人。婧一直记得，大叔走过来，自然地拉起她的手，说："走，我们去吃个夜宵。"后来他们在大排档吃烧烤，大叔兴致很高，还叫了杯扎啤，但是不准她喝，说你以后长大了再喝酒。

婧不服气："我已经是大人啦！"想抢过来却被大叔按住了手。那一次，一向温良有礼的大叔定定地盯着婧的眼睛，许久缓缓吐出一句："如果很久以前就认识你一定不会是这样，一定会很努力地追求未来。"

那现在为什么不可以？婧迟迟不敢问出口。怕什么？她也不知道。和许多剧本烂俗的电视剧情节不一样，大叔并没有结婚，甚至没有女朋友，这一点，婧曾经通过各种查通话、微信等记录确认了。

有时候，她特别害怕突然有一天，大叔牵着别的女孩的

手来到她面前，告诉她这是他的女朋友。因为她总是想不通，他的女朋友为什么不能是她。可是过了段时间，她又认为，应该是这样，只要不是她别的女孩都有可能。

大概每个人都经历过这样的年纪，自卑又敏感，觉得是自己不够好，可心底深处又不愿承认，只会暗自腹诽对方没眼光。因为有了这样的小心思，反而耍起了各种高冷，比如对方来找自己的时候，装也要装出一副不在意无所谓的样子。在发出那句"那你忙吧"，内心却各种 OS："忙什么啦！快来理我""什么？你居然不回我了，那你去死吧""不管啦，你真的不理我吗？再不理我生气了""抱抱我啊，我就不生气了"的循环。

王力宏在北京开演唱会那天，婧下午刚好要考六级，来不及赶过去，晚上正在一边对着答案一边懊恼的时候，大叔给她打了个电话，那边很吵，很多人合唱和大叫，而王力宏在远远的舞台上传来的声音是那么空旷却有穿透力，让人莫名兴奋。

是的，婧比在现场还要高兴。那首歌的名字叫《Forever Love》。很长一段时间这首歌在婧播放器里的单曲循环，矫情又动人的旋律在那一刻像是有了落脚点，却在婧的心里生根发芽，从此再也无法忘记。

他们的感情就是你放一点儿糖，我放一点儿味精。但缺少盐的生活显然是一道意犹未尽的菜，总有人先跳出来说，我需要一个改变。

她害怕他逃避。

而他是从什么时候开始逃避的呢？

有一次，婧看网上的测试，拿去问大叔：付出真心和保持距离你选哪个？大叔毫不犹豫地指着"保持距离"。那一次他俩不欢而散，婧还没意识到什么，只是隐隐地感觉到，之前大叔说"相见恨晚"，她以为是"不够勇敢"的代名词，似乎是错了。

人类是需要某种仪式感的。后来好几次，她暗示他们该确定关系，都会听到各种借口，甚至有一次，微信被大叔直接拉黑。她觉得很委屈。是啊，如果喜欢为什么不在一起，如果不喜欢，为什么要做那么多事让她欢喜让她感动呢？

刚开始恋爱的时候，谁没有被自己感动过，却还以为是对方深爱呢。谁没有在暧昧无果的时候，想要伤敌八百却先自损了一千呢。但总得经历过这些，才能明白，从来就不需要去体谅那么多的"有难处"，好的关系，从来都是顺顺当当，不会有那么多的飞蛾扑火和垂死挣扎。

那一阵，婧学会了抽烟，也开始了酗酒。她说，人生中的艰难与困顿，不就是靠着酒精撑下来的吗？但是她那会大概还不知道，人生还有许多喜悦与光明，才值得那么大醉一场。许多年后，她有了喜欢并将她放在手掌心的人，相对坐着时，想起曾经的醉酒，虽然有点幼稚，却觉得一点儿也不可笑。

不知道你们有没有和喜欢的人喝过酒。婧说，那是和想要麻木自己完全不同的感觉。我遇到一些人，也错过一些人，现在回首却发现，我竟然在忘记那些人。那些我曾经舍不得的回忆，到底是从什么时候开始，任时间淡漠的呢？

可能是那一天，婧看到新闻说，有位八十三岁的老太太在终南山小五台半山腰盖了座小庙，诵经修行，已达四十余年。她想起曾经大叔告诉她要"出家"了，刚开始她自然是不信，但是大叔言之凿凿说已经定了地点，是福鼎的资国寺，还给了她佛教协会的电话，说不信可以打电话去证实。

她就信了，为此哭了好几天。从未像此刻这样想过这么多种对于自己人生的可能性：比如在他剃度那天冲上去哭着求他回来，比如也去出家，要去大叔在的寺庙，做个尼姑也好，这样看他一辈子也好。第一天的时候，她甚至想要马上去退学，越快越好，不用告诉父母，自己已经过了十八岁了，可以决定自己的人生了。

好在后来大叔告诉她，只是去"修行"几天。她第一次听到这个词，百度了好多遍，才相信大叔并没有离开她。那时，她常常看着手机里的一张照片傻乐：那是阳光透过树叶照下来地面形成的一个心形光斑，是大叔在寺里拍下来发给她的。

那时候，他看到美好的风景，听到美好的歌，都会发给她和她分享，她的心便被这些细小的满足感撑得再也装不下别的念头。而那天，当她看到那条终南山老妪的新闻，翻箱倒柜找出旧手机，充上电，找出曾经那张心形树荫的照片时，才发现心里再也不会起一丝波澜。

小伙伴们可能注意到了，这个故事里没有一个"爱"字，甚至连"喜欢"都很模糊。那是因为，婧和大叔之间，从来都没有触及到这个字眼，或许可以说，他们从来就没真正到过这里。

那些不被说出的爱，本身就是不存在的。婧也是过了很久很久，被很多年轻男孩子喜欢，自己再拒绝时，才发现，不仅仅是"爱"很难说出口，"不想要"也很难说出口。不想要一段长久的关系，不想给出承诺，不想交出自己的未来，等等，都是原因，也都是结果。但那一个个在黑暗里辗转反侧寤寐思服的夜晚，那一个个被怠慢的阶段，真的什么都没留下吗？

总是要有那么些喘不过气的困境，才能被逼迫着去寻找所有可能的出口。

"如果有这么一次机会，你可以收回自己曾经全部的秘密和付出的真心，没有遇见他，没有听过那些歌，拥有过那些欢乐，不用背负任何无谓的等待，也因此错过了许多心动的瞬间和甜蜜的期待，换来的是没有受过任何人的伤害，你愿意吗？"

"我不愿意。"婧听到自己的心先一步答道。

Chapter 4

年少不懂诗中意，
再读已是诗中人

换一种方式生活，你依然精彩

停不下来小姐原来是有自己的名字的，不过这两年，逐渐被"×总""×姐"代替，当然，还有公关学着淘宝客服的叫法：亲。就连平时闺密小聚，大家知道她是一个工作狂，都会顺着开玩笑也叫她"×总"。

不过，停不下来小姐是很少有时间参加所谓的闺密小聚的。

以前，她往往一坐下就开始呱啦呱啦地打电话，或者在大家聊八卦聊得正嗨的时候，突然一拍脑袋：明天还有个方案要交！然后旁若无人地打开笔记本开始敲字。久而久之，闺密们都受不了她，索性就很少再叫她出来。

停不下来小姐有多忙呢？其实她并不是什么"总"，也没有老得可以当所有人的"姐"，只不过处在一个"女汉子行业"。

刚开始，她只是厌恶矫情、做作和依赖，总是宣扬自己能独当一面地打"前锋"，顺利完成任务。

因为不确定什么时候要跑突发事件，停不下来小姐每天都穿着宽松的棉麻衣服。不穿运动鞋、帆布鞋，那种卷起裤腿穿运动鞋的时髦她也没赶过。基本都是圆头芭蕾鞋，不磨脚，站着不疼，对，就是那种能掰弯三百六十度，飞奔八百米不费劲的鞋子，美其名曰：方便工作。

出去采访时，她就一手把电脑塞进公司统一发的黑黑大大的电脑包里，或者把所有的东西统统都倒进一个双肩包里，背上就能跑，参加个发布会也不用多个人来"看着点"自己的物品，拿着相机就能冲到前排拍照，要名片。

需要马上发稿的时候，她随便找个垃圾桶就能把笔记本电脑架上面开始赶稿。

有一次，刚好是圣诞节，男友要考研，停不下来小姐正陪着男友在二十四小时书店的雅致书桌边看着书，一切显得那么悠闲。然而领导一个电话打过来让她写稿，书店内没有网络，她收起刚刚打开的书，抱着电脑就冲出书店。

　　附近没有咖啡厅，她撸起袖子就"故伎重施"将笔记本往路边的垃圾桶上一放，开机输密码打开文档埋头苦写起来。中途有隔壁餐饮店的小妹过来倒垃圾，嫌弃地看了她一眼，她才恋恋不舍地抱着电脑挪开。

　　更多的时候呢，她一着急，就经常直接在路边蹲下，膝盖上摊开一本笔记本，右手拿笔，左手夹着手机，一边打采访电话一边记要点。每次她都能收获许多"异样目光"。

　　"这有什么？这一行不就这样吗？"停不下来小姐总是对那些目光嗤之以鼻，"这就是现代女性的干练、通达，你们不懂！"

　　停不下来小姐也加班，而且几乎每天都加班。不用出外勤的时候，她在办公室总是戴着大大的框架眼镜。还没到下午，鼻子往往已经油得眼镜架不住滑下来，额头也隐约反光。她随手把头发往后一挽，哪怕下班了男友过来接她去吃饭，也忘了先把后面凌乱的一把头发抚平。

　　化妆？现代女性当然不能素颜出门！停不下来小姐每天都会上粉底、描眉毛、画腮红、涂大红的唇膏——不是每个部位都修饰，而是哪个部位"颜色"重就化哪个部分。

停不下来小姐经常被人说像小高圆圆，黑眉大眼，五官立体，稍微重些的妆容也不会多滑稽，只不过……她皮肤不好，T区出油两颊又干，半天脸上就开始浮粉，睡眠差的第二天粉底会沿着细小的褶塌下去，老气和疲惫一下子全显出来了。

若是参加个高端点的宴会，或者跟某个大人物约了专访，她也会精心打扮下，尖头高跟鞋也是必需的，细细的跟踩着，仿佛就有了无限优雅和自信。只不过一天下来，小腿绷得酸胀无比，脚指头也被磨了好几处血口子。

直到在一次会场偶遇了一个同行。

那个同行的姑娘和她年纪相仿，也不是第一次见，那天轻轻地朝她笑了笑的时候，她注意到了那个姑娘似乎有着和自己完全不同的状态：飘带蝴蝶结真丝衬衫，袖子没有刻意挽起，松松地放着，铅笔灰的九分西裤翻边，脚上是经典的钻扣尖头平底鞋，拿着微单，一脸轻松。

自己呢？停不下来小姐有些羞赧地低头看看，为了跑会而特意穿上的马丁靴，肉色丝袜也显得有些老土，脖子上挂着沉重的单反，因为笔记本电脑太重而压得衣服在肩部皱起来。

她知道那个姑娘跟自己跑的线一样，只不过供职于不同的公司，但出品的新闻、文案，包括发布会上拍的照片，都比

自己的要值得夸赞。

这不是第一次见面。她记得在上一次参加某公司的酒会时，她特意穿了双小桃红的高跟鞋和黑色的小礼服，却在频繁的应酬和客套之后恨不得把那双八厘米的高跟鞋甩掉。而在那场酒会中，那个姑娘穿了条有质感的白色连衣裙，脚上还是那双平底鞋。

在更多的场合，停不下来小姐也见过那个姑娘总是不慌不忙，但总能站在最好的位置拍最正的照片，出稿也又快又好。

停不下来小姐想起一句话：当你凶狠地对待这个世界时，这个世界突然变得温文尔雅了。还有她在买那些高跟鞋的时候，都是受这么一句话驱使：每个女人都需要一双恨天高，昂，迈过坎坷。

都是用力过度，也没觉得有什么问题。别人

，又美又性感，但是，好像缺了什么。

这个世界真的需要这么凶狠地对待才会温

柔　　　　。谁不想要一种轻松的生活状态呢？但是

它

那些容易变形的棉麻衣服收起来，换上

白　　　　丝衬衫，平时搭个几何图案的小A裙，

正式　　　　裁的包臀裙或者西裤，或者小V领的真

丝连　　　　跟鞋、乐福鞋、坡跟鞋，取而代之的是

尖头　　　　如果出席活动，就穿稍微带点细跟的，

也不起　　　　穿又好看。

做　　　　她并没有受累于这些更精致的打扮，

她第一　　　　感鞋也可以穿得很优雅，不穿高跟鞋也没有

丢掉傲气。而且，她发现，新闻晚个两三分钟，找个路边餐馆

坐下写也行，不必真的捧着笔记本电脑在大马路边"献技"，

就算是最紧急的消息，也一定有后方编辑在等着，她用手机先

发回去也可以。

另外，当她开始带实习生出现在会场，从容地进行采访

和拍照时，仿佛也不是非得单枪匹马像个女战士一样，而且多

了一个人分担行囊和任务，她可以灵活地在人群中穿梭，去找

自己想要的角度。

以前她总是想，会不会有一个平行世界，云朵慢悠悠地走，小白兔在大草坪上自在地跳来跳去，老鼠一点儿也不怕猫咪，女人也不需要穿高跟鞋，而现在她终于与自己的平行宇宙重合了。

她想起自己特别爱看的《摩登家庭》，单身的时候经常看得感动并怀疑是否有这样的家庭。她急急忙忙地四处寻找这样的人，找到了又急急忙忙把那些"不像"的棱角磨圆磨平，却忽略了对方是个有自我意识的人。

后来她发现，那只不过是内心不自信不服输的表现，怕自己做不好，索性让对方来适应自己。她以为自己是对的。正如她以前以为，只有快步走向世界，才有底气说话。

"璐璐，明天一起逛街去？我看上一条小黑裙，你一定要帮我看看！"

听到久违的名字，停不下来小姐，哦，不，秦晚璐小姐，一口应下，然后从桌子底下拿出一个鞋盒，将脚上的平底鞋换成矮方跟，到洗手间补了下口红，准备下班。

对了，秦晚璐小姐现在几乎不化妆，她把化妆品的预算全用在了护肤上，出门涂个隔离霜，也不会卡粉了，简单描个眼线刷个睫毛涂个唇膏，要是逛街或者出席活动的话就用口红。另外，因为每晚坚持敷张面膜才去睡，她的眼袋和黑眼圈大大减轻，皮肤也变得更加白皙。她立志要做到真正素颜出门，当然，是三十岁之前。

而当她开始在恋爱中更保留自我，不再试图去改变和抓住对方的时候，反而得到更多的在意、挽留和"我爱你"。

一天清晨，早睡的她被小区叽叽喳喳的鸟鸣叫醒，空气有下过雨的湿润的泥土味道，窗外是满眼的绿色和清凉的空气。因为太长时间的焦虑和急躁，她已经有很长一段时间睡不好觉，那个早晨醒得如此舒服，感觉实在太好，她想她会一直记得。

后来的每一天，她几乎都是这样自然醒。

慢下来那么好，早该知道了。

某一天早晨她正这样想着，同时感受到了爱人从后面环抱过来的温度："璐璐，今天请个假吧？"

"为什么？"

"带上户口本，嫁给我。"

一个人与她的瓦尔登湖

2010 年的盛夏，我在北京当记者，在一个帐篷剧的剧场里帮忙。

剧组里有日本人、北京人，还有……武汉人。当时我是比较惊讶的，可能因为看小剧场戏剧虽然已是北京的一种都市文化，但在武汉还是一个比较新鲜的娱乐方式。

是的，那个时候，武汉人艺1001戏剧沙龙才刚刚兴起，口号也是要打造武汉"城市社交圈的新贵"。而顾晓曼想要做的，恰恰相反。

她想要做一个和北京胡同里遍地开花的小剧场一样的场所，让和她一样的年轻人，在周末的时候，除了去看电影或者到酒吧里摇摇骰子唱唱歌之外，还可以去看话剧。

为此，她查过很多资料，上海大剧院、小剧场专门对两万会员做的统计给她留下深刻的印象：观众多集中在二十五至三十五岁，月薪四千元的人群，其中七成为未婚青年，七成为女性观众。当时武汉的人均收入和物价水平都不高，两张电影票就六十元，但是看场小剧场话剧两人可能就要两百元。

不过当时的顾晓曼还很乐观地想：乔布斯不是一直都在告诉我们，客户从来不知道自己需要什么吗？何况武汉的小剧场还是空白，简直就是为她顾晓曼留出来的机会。

那个时候，她的小剧场才刚刚开始筹备，还在北京上海等地"取经"，但是提起她的"小事业"，眼神就开始发光，拉着我说起她的各种想法和蓝图，没个把小时根本停不下来。

之后很长一段时间，我和顾晓曼失去了联系，因为当初

忘了问她小剧场的名字，甚至连剧场是否真的成立起来，都无从得知。只因工作关系，偶尔关注到武汉很多民营小剧场在那两年里都处于亏损状态，连"名家"都常常是"义务劳动"。演员工资也不过只有三千元，和当地一名普通白领的工资差不多。

直到有一天我从报纸上看到了她的名字，还有她的小剧场——谜仓艺术剧院。

报道上说，这是武汉目前最火的小剧场，火到什么程度呢，用顾晓曼接受采访时的话说就是：有姑娘跟她抱怨，如果不是手上拽着票，大概很难再在人群中找到男朋友的身影。

通过那家报纸，我重新联系上了顾晓曼。再见她简直跟时空穿越一样，许多年轻女孩儿在毕业几年中变化都非常大，从穿着打扮到爱聊的话题，像脱胎换骨一样。但是顾晓曼几乎和我初见她一模一样：穿着舒适的 T 恤、哈伦裤，一见面就兴奋地跳过来拉着我的手说热乎话。

"没想到，你的小剧场真的做起来了。"还没等我说完，顾晓曼就迫不及待地打断我："嘿，想听听当年我们分开以后我的经历吗？"也没等我答应，她就自顾自地把这些年里发生的事吧啦吧啦全倒出来了。

那个时候，虽然顾晓曼在豆瓣电影圈里已经小有名气，但是大伙儿一听到在武汉这种缺少话剧基础的城市，做这样一个费时费事费钱还看不到盈利的东西，始终有点怯懦，一聊起小剧场的话题，就都打着哈哈，说自己有正职工作，晓曼要是需要资源或者临时搭个手尽管说。

因此，在小剧场的整个前期筹备过程，几乎是顾晓曼一个人完成的。租场地花去了爸妈给她的找工作用的"基金"，自己的房租都交不起，也不敢告诉父母，窝在一个好心同学的小书房里搭个沙发床睡了大半年，因为没有经济来源，不得不随便找了份工作，也不敢计较理不理想。"总之，能养活自己，吃饱了才有力气伺候梦想！"

要做的事情太多，她几乎忙疯了。白天有工作要做，只能下班了才回到小剧场做事，又打不起车，每天到了末班车发车时间就飞奔八百米赶上，因为太累，常常在车上就沉沉睡去。有时候看着车窗外熄灭大半的路灯，想起曾经在北京看完小剧场，高兴地坐末班车回家哼着歌的心情，真有点恍若隔世。

剧场刚装修完，为了早点散味儿，她听人介绍买了一大堆洋葱，放在小剧场里，没工具，拿起砖头就拍，弄得鼻涕眼泪横流，她却非常兴奋，一边抬起袖子抹眼睛一边咧着嘴傻乐。

所有的准备工作都做完的那一天晚上，武汉下起了漫天大雪。她把外宣视频看了两遍，按下发送键，发给熟识的同城媒体记者后，心想，这一天终于到来了。正在她感慨今天不用再坐末班车回去的时候，接到了场地安全问题审查不通过要延期开张的通知。

一股巨大的委屈伴随着愤怒瞬间淹没了顾晓曼的头脑，长久以来支撑着的信念轰然倒地，她一屁股坐在刚刚收拾干净的地上，放声大哭。

"从来没有觉得这么难过。以前有盼头，什么事咬咬牙就扛下来了，以为跟升级打怪一样，苦就苦了，总有看得见的甜头在前面，而且按照计划完成任务就能到达目的地，但其实不是，真实生活里永远有着意想不到的大 boss。"

委屈积压太久，也全在那一刻如潮水一样倾泻出来。也不知道在地上坐了多久，顾晓曼才慢慢起身，揉揉发麻的腿，打开笔记本电脑，给各家媒体重新发送了道歉和通知暂缓开张的邮件。在那个时候，什么时候开张，还要不要做下去，其实在顾晓曼看来都是未知数。

那天晚上，还早，她漫无目的地在街上乱逛，不知不觉走到了武汉人艺。她抬头看见当日的演出表，买了票，进去看了场话剧《谈谈情，跳跳槽》。

一个半小时的剧目，她旁边看起来是自己一个人过来的姑娘，哭了三次，恋人要分手、公司要倒闭……那个姑娘一直在掏纸巾抹泪。最后演员出来谢幕，顾晓曼还呆呆地坐在原地，任周围从掌声雷动到剧场清场。

当她起身的时候，发现那个姑娘也还没走，甚至也没注意到她的存在。她走到剧场门口，回头看见姑娘孤零零拭泪的背影，才突然如大梦初醒：话剧演完了，梦也完了，人们又回到了现实世界，而现实的遭遇竟然和话剧里一样，这感觉又真实又让人唏嘘。

也是从那个时候，她意识到，话剧的最大作用，是呈现身边的生活，从演员身上，近距离地看到自己，而跳出那个囹圄，自己才会知道要怎么走。

"我们这个年龄，都是社会的夹心层，如果你不知道那些同龄人想看到的就是自己的生活，你也永远只会在影院门口买张票，戴上 3D 眼镜，看一场过目就忘的炫技大片。"

当初坚持要做小剧场，或许冥冥之中，就是由着这样的初衷牵着线领着走到今天。只是暂缓开业而已，又不是一棒子

打死，为什么要放弃？

顾晓曼从人艺走出来，雪还在漫天飘着，但她已经不觉得寒冷和无助了。

"谜仓"这个名字也是在那个时候最终定下来的。

如果说以前的顾晓曼只是个单纯的文艺青年，想把那种文化氛围和消费习惯带回自己朝夕相处的城市，希望能够就此聚集起许多志同道合的伙伴们，那么随着现实的困难一层层推进和解决，她心中关于这个梦想的初衷反而抽丝剥茧地愈发清晰：

"我们都生活在一个庞大的世界里，在工作中碰了壁，在恋人那受到了不信任，就像在一个巨大的仓库里迷路了，未来、过去、现在如蚕丝一样绞成了迷局，我们都需要暂时的沉醉，也需要适时的清醒。"

"那，谜仓开始盈利了吗？"我忍不住抛出一直想问的问题。

"还没有，不过已经快要收支平衡了。"

顾晓曼告诉我，等到小剧场进入平稳运营发展后，她就开始招兵买马，也会辞掉现在的工作，再找一份自己喜欢的工作。

"小剧场不是你一直以来的梦想吗？为什么还要做别的？"我十分不解。

"是梦想，但不是全部，甚至不是大部分，我想要的，不过是像瓦尔登湖里那样，一种完全属于自己的，无论是垂钓还是锄地，只要能够沉浸在其中并且感到快乐和骄傲的生活状态。"顾晓曼说得很笃定。

让梦想照进现实，听起来着实美妙无比，让许多个梦想照进现实更是美得像励志书案例，不过，其中的艰苦未必每个人都尝过。

我也曾看见过一些人，他们告诉自己，和外面世界的疲惫与风险相比，偏居一隅的日子已经能称得上"幸福"。事实上，久而久之，他们会越来越难以分辨快乐，骄傲，满足，惊喜等这些情绪的区别，那才是真正令人在深夜里蓦地感觉到恐惧的来源。

所有的努力，都是为了自己

1

你有没有想过，为什么朋友圈晒包晒宝晒恩爱的那么多，却很少有人晒努力？因为那会让别人看穿自己还没完成的价值。

在这个等级越来越分明的社会，那只黑暗里无故伸过来的手，会让我们心惊肉跳。很多时候，我们害怕别人评价自己，却又渴望有人来点评一下。我们需要有人领着我们绕过泥路水坑，却不希望别人肆意指手画脚。

年轻的时候，我们往往无法正确评估自己，归根到底是因为对世界不了解。没有参照，看不到生活的深度，无法确知梦想的方向，都使得我们总是笨拙地想要通过别人的评价、能挣到的钱、找到的爱人来获知自己的价值。

2

当你做一份兼职每月挣一千元，你会觉得自己只有一千元的价值；当你可以挣到两千元的时候，你知道自己的价值提升了一倍。

当你在街头派传单的时候，你只有派传单的价值，当你给初中生辅导英语课的时候，你就有家庭教师的价值，当你发表论文，为某智库服务，你就拥有研究人员的价值。

当你可以把自己想要的东西一件件地搬进生活，你会觉得你的价值可以让你拥有一个电饭煲、一张床、一辆车、一间写着自己名字的房子……当你可以把梦想一个个实现的时候，你知道自己的价值可以让你成为老师、画家、工程师、高级主管……

那些未实现的、未兑现的梦想，就成为了你继续努力，变得更加强大，有更多的价值去完成愿望的动力。这样循序渐进的过程，就应是大部分人的人生节奏。

你必须要在人生的平地上建造属于自己的绝美建筑，而你的风格和水平，决定了这座城堡的脾性。

3

蔓蔓刚来到这所北方的大学时，自卑感几乎要把她湮没了。

先是普通话不标准，让蔓蔓每次在众人面前开口说话都感到尴尬万分。

她的家乡是座山水相宜的南方旅游古镇，每年都有来自全国甚至世界各地的游客，来寻找"桃花源"般的静谧美景。也正是因为太封闭，小学、初中、高中的老师普通话都带着浓重地方口音。上了大学现代汉语课后，蔓蔓才知道，有些发音，如果小时候就没有受过标准化训练的话，长大后就很难纠正。

因为以前老师教的就是"Chinglish（中国式英语）"，蔓蔓在第一次课堂互动环节一开口，班上就笑倒了一片。为此，她花了很多时间练习口语，在英语角大声读课文，主动找外国学生聊天，但多数时候还是因为紧张过度而读的磕磕绊绊，连句完整的话都说不好。

上了大学，女生们似乎突然"开了窍"，开始格外重视自己的外表。蔓蔓矮，本来在南方大家都差不多的情况下，并没有感觉到自己有什么不同。可是在北方的学校，一米六八、

一米七的女生比比皆是，在拥挤的电梯间等候的时候，她只能看到黑压压的人头。男生更高，在路上有人跟她搭讪，或者跟班上的同学一起走一路的时候，她都需要仰起头才能跟人正常交流，有好几次，她都能感觉到路上旁人投来对他们身高差的异样眼光。

这个社会总是给女生更多的宽容，犯了错也可以撒撒娇，个子矮也会被说成是"最萌身高差"，但是在刚刚开始步入陌生人海，受到过虽然不算恶意的笑声和调侃，也都足以让一个年仅十八岁的少女开始怀疑和讨厌自己。蔓蔓说，无论怎么做，都好像个小丑，"生活糟糕透了"。

大一春季运动会之前，班长找到她："你来做开幕式上咱班队伍前面举牌的吧？"

蔓蔓一时难以置信："我？这么矮怎么可以？"

"穿双高跟鞋呗，谁让你是咱班班花哪！"

以前蔓蔓知道自己长得还可以，但也是从那时候才知道自己称得上"漂亮"。慢慢地，班上总有男生女生来夸她的眼睛好看，夸她五官精致像洋娃娃。

后来，她发现自己搭配和化妆的功力不错，室友每次约会前，都爱找她搭一套，再梳个精致发髻，逛街买衣服也总要拉上她一起，连参加个小型晚会，都等着她去化妆。再后来，大家发现她很勤奋，成绩也不错，就常常借了她的笔记去复印，听不懂的课私底下也常找她问。

大三的时候，为了考教师资格证，大家都约好了去考普通话证。蔓蔓对自己的口音始终很自卑，想退缩，却被室友硬拉着报了名，然后天天监督她读课文，她也干脆先把面子丢一边，缠着宿舍里的那个北京大妞练儿化音。后来成绩出来，她考了一级乙等，甚至比北京室友的分数还要高。

也是从那个时候起，蔓蔓才开始接纳自己：很多事情真的不是做不到，而是你一开始就被小概率事件吓到了。虽然在英语口语这件事上，她还是很羡慕那些开口就是"伦敦音"的同学，但她现在起码可以在课堂上流利地说上十五分钟，也不再胆怯得在讲台后面双腿打抖。

4

人人都有自身独特的长处，当你无法接纳自己的时候，所有的长处都会被你的内心掩盖。也许每个人都要经历这样

的过程，因为别人夸了自己一句，心尖儿就美上天，因为别人不经意的玩笑，就自己把自己打入牢笼。

也许我们都要在暗夜里走很长的路，小心越过那些暗道沉坑，才有可能慢慢自信到不靠别人评价依旧知道"我可以"。青春是面对现实一步步去完成的能力，而不是按照别人的标准来打造自己。

5

工作后，学习反而成了见缝插针的事情。

有的同事每天早来公司半个小时，只为了多背会单词；有的同事把加班都换成了调休，不旅游、不休假，攒起来上培训班。下班后，去健身房锻炼的，去琴房练钢琴的，去上德语班的，更是常见的事。大学反而成了这辈子最悠闲最不求上进的时光，一心想着快点毕业我要挣钱，工作了却舍得把钱大把大把地撒在各种各样的课程里，甚至不管上班多忙多累，都要挤出时间去学习。

有的人说，大学的时候马马虎虎地过，也能毕业。但工作后拿了工资，就得给领导卖命，大家都这么"拼"，谁不努力就可能第一个被淘汰；有的人说，工作只是满足生存的需要，精神的需要得另外找"补"；有的人说，工作一天回来，如果不干点自己喜欢的事，总觉得这一天白过了。

其实原因都一样，因为在这个残酷的竞争社会里摸爬滚打，更加懂得自己真正想要的是什么，因此对生活的期待，也充满了更明确的目的性。

但如何提升自我呢？学习专业知识，考一个职业资格证；阅读成功学以外有营养的书籍，腹有诗书气自华；学一门外语，精通一个国家的文化；听世界名校的网上公开课……这些都是大部分人常选择的，都无可厚非，唯一的问题是，你不能将所有你想做的事，都列在你每天要做的计划表里。

6

我曾经给自己制订这样的计划：每天写一千字，看完一篇中篇小说，背完（并根据艾宾浩斯遗忘曲线复习完）一百个单词，练一小时钢琴。

"任务"不多对不对？

刚开始，我按照计划表走，确实觉得生活充实了不少，但渐渐地，我发现无法坚持下去。第一次没完成任务，是因为加班到了九点多，回家勉强看完一篇小说就睡着了。第二次，是因为出外勤，搬了很多物料，回来手抬不起来，练不了琴，写不了字。第三次、第四次……当"计划"荒芜得越多，人也越懈怠。过了一个月，两个月，半年，无论哪一项，我都没有收到明显的成效。

只要是正常的上班族，想要坚持去做一件另外的事，都多少会遇到这样那样不可抗力的"意外"打乱你的计划。加上你的计划表中各种类型的尝试都有，能量一分散，自然收效甚微。

当你意识到你可以成为自己梦想和现实之间的"造梦人"，那么你需要做的，不仅仅是张弛有度的生活节奏，也不仅仅是"坚持"的口号，还有专注。这样，梦想才不容易被现实击碎。

7

王小波说，人在年轻时，最头疼的一件事就是决定自己这一生要做什么。

我有位前同事，因为想要和有趣的人对话而选择记者这份职业，她说过一句话："想见的人，想做的事，都终将会实现，只要你足够想要。"

为了心爱的日本文化，她开始学日语，也因为这件事，她彻底改掉了记者职业的通病——"熬夜写稿，白天睡觉"的作息，她强迫自己在早上七点醒来，苦苦和日语作业搏斗一上午。三年来，一天都没有中断过。

从断断续续用半吊子日文采访，到越来越多的日本采访对象问她"为什么你会比我还懂我的国家"，她说，因为无限放大了个体的兴趣，才最终完成了她后知后觉的成长。

现在她已经辞掉了工作，在自己的公众号上发了一篇《再见，总有一天》的文章，宣布自己终于实现了二十岁的梦想。

真正专注的人，不会在微博打卡，在朋友圈自怨自艾"为什么我这么努力还是无法怎样怎样"。专注的人，往往不容易因为短期的挫败而憎恨生活。

8

小胜叫莉莉一起去吃饭，莉莉摆摆手："昨晚睡太晚，我待会随便吃个面包算了，中午还能多趴会儿。"

"你多晚睡呐？"

"一点半。"

"为什么这么晚？我九点就睡了。"

"九点的时候我才吃完饭回家，洗完澡就十点半了，随便看个电影就一点多了。"莉莉苦笑。

这样的对话，莉莉几乎每天都要重复一遍。

你也有过这样的经历吗？下班后，发愁吃什么晚饭，吃完了随便逛个超市，基本回家就"洗洗睡"了。

更可怕的是，刚毕业的时候，因为每天都在学习行业新知识，因而过得特别充实，一个月像是过了一年。真的等到了一年后，你已经熟悉岗位上的各项职责，再也不会因为出错被罚被训，需要在工作中学习的技能越来越少，时间也咻咻地飞

走了，恍惚间，一年，两年，三年……都仿佛在弹指一瞬间。

9

现代科技节省了许多冗长的工序，各种交通工具也很大程度上缩短了路上的时间，你能想到的任何事情，几乎都有"上门服务"。但为什么我们的时间还是不够用？

最大可能是因为拖延症。有调查显示，八成以上的职场人都有拖延症，有过半的人是"不到最后一刻，不会开始动手工作"。为什么下班后、晚上效率更高？因为带着白天没有工作的罪恶感。有无数的职场励志书籍告诉你怎么战胜拖延症，比如《21天养成一个好习惯》之类。但真正的拖延症可能连书都无法看完。

因为有了"我知道那件事必须去做，但我就是没有动力去做"这种预期的"恐惧"，那件事就变成了压力，而且会恶性循环，时间过去，截止日期逼近，你还是必须去完成它。

10

我们身处于一个被诱惑包围的时代，它们通常被包装成各种样子投放到我们的空间里，而网络加速了我们的幻觉。正如那句话说的："每天一打开微博，大事小事如潮水一样铺满你的时间线，你有权利评论、转发、关注，感觉像皇上批阅奏章。"

从办公软件或者邮箱切换到网页的距离有多近，从娱乐切换回工作的距离就有多远。

还有就是，我们总爱预留时间。比如早上七点半要起床，大多数人喜欢提前半个小时定上几个闹钟，每隔五分钟或十分钟响一次。其实那个过程中，因为闹钟频繁响起，睡得并不踏实，你白白浪费掉的，是完全可以有质量地再睡半个小时，或者早起半个小时，去做你规划的事情。

把工作当作受罪，因此白天八小时很不开心，如果恰好选错了爱人，晚上八小时也会很不开心。不会管理自己的时间，也就等于不会管理自己的压力。

11

因为未来还很远，年轻人对于前路比中年、老年人抱有更强烈的憧憬。在憧憬之余，又不满足于自己为未来所做的事。天赋的本钱总会日渐告罄，肉体也难承担持续庞大的开支。但愿魔鬼来放高利贷的时候，你不会轻易鄙薄自己的青春，"斥为幼稚胡闹不值一提"。

正如马尔克斯永远记得巴黎那个春雨的日子在圣米榭勒大道遇见海明威的样子，虽然后来他自己也在文学殿堂有了自己的一席之地，但仍记得自己大喊的那声"大——大——大师"。过往的幼稚、挣扎、前途未知，都成为了舞台中间的传奇。

你知道总会有熬过时间的那一天。即使差一点儿就要撑不住，即使迷茫得下一步就不知道往什么方向走，你依然会因了这种期待带来的巨大激烈，而告诉自己再努力一把，再坚持一秒。虽然你在那一刻并不知道，自己还要在路上多久。

然而，这样又忧愁又充满可能性的幻觉，是那些奔跑在路上，不愿意停歇，也不屑于在大庭广众下流露痛楚的人才能体会到的。

这个世界疯狂，冷漠，没有人性，但愿你一直清醒，相信，不紧不慢。

笃定的人生，不迷茫

1

在小众经济盛行的今天，王小帅的电影《十七岁的单车》再次受到文艺青年的追捧。

不知道还有没有人记得，他十四年前拍的一部文艺片，演员比现在的更大牌，影片也比现在的影响力更广，几乎没有争议地成为一代人的青春纪念。

一个十七岁的农村少年，在北京找到一份送快递的工作。公司许诺他，赚到六百块钱的时候，那辆银色变速山地自行车就可以从"暂借"变为自己真正拥有。他因此每日都非常勤快，可就在梦想即将成真的时候，那部暂借的自行车丢了。

现在的孩子连自行车都不骑，可能很难体会到这种心情。那是一个把山地车当今天的宝马看待的年代。

有这样一群人，把一天能换好几套衣服的漂亮女孩当作城里人的象征，自己一天三餐能吃上排骨面、喝上红糖水就能满足。那时候北京其实已经有了繁华的样子，而他只能凭借快递工作的特殊性进出那些高级的宾馆、住宅区。

他有点惶恐不安，面对这城市初初显露出来的五光十色。不过他不怕，因为他有自己的梦想，那就是拥有一辆真正属于自己的自行车。

仓皇的青春，是车丢了坐在马路边眼里要溢出泪来的无助，是在绚丽的北京夜色中奔跑后急促跳动的心。有的人拥有了很多，还在继续拥有着更多；而有的人已经没什么可失去的了，可是还在一直失去。

北京常年灰蒙蒙的天气，正好应了主人公对生活持有的灰色的心。

北京的街头自行车非常多，特别是非主干道的路上、天桥底下，镜头从马路上的混乱车轮往上拍过去，城市里众多穿着各式各色的鞋子、裙边、裤腿，看不见人脸，也看不见那个在自行车上做了记号，淌着泪下决心要把车找回来的男孩子的脸。

他说：车是我的。他不知道什么哥们儿义气，不会讲道理，也只认一个理。他从哪里来，为什么要这么辛苦地赚钱，我们也一无所知。

当他莫名其妙地被暴打一顿以后，踉踉跄跄地扛起扭曲了的自行车，走过喧嚣的马路，走过众目睽睽的人行道，我想他的心里，除了无助、茫然，更多的是苦楚。他已经有点明白这个社会的潜规则，明白有些艰辛其实是没有理由的。

对于苦难的人，仿佛所有的悲剧，都该是你受的，你连反抗的权利都没有。这个现实，多么令人绝望。

你十七岁的时候在干什么？

他也十七岁，没有规整的校服、皮鞋，不能在宽敞的校园里踢球，不能和大多数同龄人一样，上课时睡觉，下了课去游戏厅。他不能骑着自行车意气风发地在路上吹着风，在拐角遇到喜欢的女生。他卑微的连正面看女生一眼的勇气都没有。

他没有钱，也没有你们嘴里可以挥霍的"青春"。只有眼泪是他自己的，只有一次一次站起来的力气是他自己的。

红灯过后，直行的路口又恢复了车水马龙。而这座城市的脸，依旧面目模糊。

这样一个看上去很难引起共鸣的人，其实我们每天都能遇到，其实他就在我们身边，其实他就是我们自己。遇到挫折的时候，那个在灰蒙蒙的天空下不知道往哪儿去的迷茫的身影，是我们自己；无路可走的时候，除了眼泪流下来让自己感觉还存在着的那颗心，是我们自己。

他在我们心里，提醒着我们每一个人，只要你还能站起来，走下去——你拥有的，其实已经足够多了。

2

我的一个好朋友慧嘉，曾经深陷在一场网恋里。

男朋友对她很好，好到什么程度呢？她考试的时候，每天熬夜复习，男生无论多晚都陪着她，手机永远是握在手里，不小心睡着了一震动马上醒来哄她。

男生曾经一次接了好几份家教，不舍得坐公交车，每天下了课骑自行车来回两个小时，午饭就吃一根火腿肠——都是为了挣钱去看她，带她吃好吃的，去一切她想去的地方，或者让她在想去他的城市时，可以不再因为要省钱而缩着腿坐三十几个小时的硬座。

　　在他俩见第二次的时候，慧嘉有些惊慌地发现，自己十分抗拒和那个男生的亲密接触。无论是接吻、拥抱，到后来俩

人独处的时候，她都非常地不自然。在网上或者电话聊天的时候，她却可以非常自如或者说非常依赖他。

男生总是喜欢问，你爱我吗？慧嘉总是会不知所措，好几次违心地说，爱，可是更多的时候，她总是咬着牙一声不吭，或者打哈哈转移话题。

后来有一次，她拗不过男生的请求，飞到他的城市去看他，当然，机票还是那个男生买的。她清楚地记得，厦航的飞机上播着当时很火的一部影片，《海角七号》，没有声音，只有英文字母。坐在身边的，是一个十足的小女生，背着一个大大的红色书包，戴着绒线帽子，拿着一本服饰杂志在看。

当乘务员开始询问乘客需要什么饮料的时候，那个小女生先要杯热茶水，喝完后又问乘务员要了杯咖啡。当乘务员开始派发食品的时候，小女生拿到点心后还仔细询问有没有米饭。吃饱喝足后，她又叫来乘务员，要来了毯子，拉低绒线帽，沉沉睡去。

慧嘉想到了自己。每次坐飞机的时候，她从来不会主动去提什么需求，都是给什么拿什么，正如她在那段爱情里一样。

其实，是不是爱情，她都无法确认。当她再次和一个男性好友提到此事，并苦恼地问什么才叫爱的时候，那个朋友说了一句话："从你第一次和我说这个问题到现在，已经一年了，你还不能确定自己是否爱他，那为什么还要继续？"

慧嘉后来告诉我，她觉得自己仿佛是从一场大梦里惊醒。从刚开始，她没有拒绝过他对她的好，后来，她没有拒绝过他对她的好感、喜欢到爱意，似乎他竭尽全力给自己海水般的温柔，她就要还他一个得体的笑容，他为她匍匐了青涩的少年花事，她就要探遍与他有关的信号。

"也许，有些东西，真的伸手就能拿到，可我当时，从来没想过要自己去决定要不要。"

慧嘉对我说。

慧嘉提了分手后，男生情绪特别激烈，也可能是赌气，他以一种非常决绝的方式突然"消失"在她的世界里，根本没有给慧嘉任何想要回头或者做朋友的机会。

这样的"报复"很成功。

因为慧嘉曾经非常依赖他，甚至没有另外的亲密朋友。

从那以后，慧嘉不开心的时候，翻遍电话本也找不到可以肆意倾诉的对象；熬夜复习考试的时候，再也没人陪着她度过那些困倦得支撑不住的夜晚；无聊的时候，再也没有人一首一首地唱歌给她听，讲笑话逗她开心；做 PPT 的时候，没有人再帮她找漂亮的图片，帮她调好格式；英语课前，再也没有人帮她写好情景对话的脚本。

她的生活一下子变得步履维艰。夸张吗？一点儿也不，如果你也曾有过非常依赖的对象，就知道那些习惯一旦被抽离，你很难再一个人面对生活。

大概过了小半年，一天下了课，慧嘉跟老师请教了很久问题，最后同学们都走了，她才一个人收拾东西下楼，突然靴子底一滑，她连人带包一起摔下了楼梯。

她动了一下，脚踝剧痛，楼道里空空荡荡，也没人经过。她只好坐着把掉出来的书捡回来塞进书包，然后一手扶着墙，一手拽紧楼梯扶手，一使劲，才站了起来，然后吃力地一步一步往前挪。

等到好不容易回到宿舍，慧嘉才想起来，自己居然没有想过打电话求助任何人，甚至痛得走不了路的时候，她也没有无助地坐在地上哭。她知道自己终于"好"了。

终于不再事事都依赖人，终于意识到自己以前只是需要一个人的疼爱和呵护，而不是真正地需要他的爱情。只不过这一天来得有点迟，她曾这样耽误和辜负了一个少年多大的期望和爱。

不过对于慧嘉整个人生而言，一点儿都不算迟。东野圭吾说，只要门开着，就不会通向过去。她曾经在分手后自暴自弃，但终于坚强地走过这些路，没有抹过一滴泪，没有俯首称过臣。

3

在中国应试教育下，没有多少人在高中的时候，就能想清楚自己未来想要成为什么样的人，但是在高三那个当口儿，我们却必须做出一个选择，上什么专业，去什么学校。甚至在高二的时候，我们就必须选择，是学文科还是理科。

文理分科的时候我的想法很简单：我理科不算突出，将来考大学能不能上一本线都说不准，但是学文科的话，我有希望可以去最好的大学。

当时还得意于自己做了个明智的选择，于是高二高三在相对轻松的文科课程下，真是肆意挥洒青春，偷偷看了一大堆小说，谈恋爱，每到学校组织什么晚会就课也不上，请个假就出去排练节目。反正文科的东西，回来背背就好了。

那时还年轻，不懂得奋斗是什么。后来工作了知识不够用时才明白，从前偷过的懒，日后总是要偿还的。

正如那句话所说，奋斗就是每一天都很难，却一年比一年容易。不奋斗就是每一天都很容易，却一年比一年更难。

我当时的前桌，是个有点内向的男孩子，每天早上都比我还要早到教室学习。他给我看过他的时间表，先背单词，再读语文课本，然后背政治概念，中午放弃睡觉，做数学练习题，下午课后去跑步。但越是临近高考的时候，他越是烦躁，有时候早自习快结束了，他计划表里应该已经背完政治了，但他还在背单词。

"前天下午上完课我准备去跑步的时候，突然整个人一下崩溃了，我不想继续这种生活了，就连迈出一步，我也不想了。"

有些人的青春期来得很晚，一旦压力过大，就容易一边因为挫折妄自菲薄，一边又极其渴望尽早冲破当下的桎梏。

后来高考他发挥得很不好，上了一个二本的学校，计算机专业。学了这个专业的人都知道，那几年计算机专业很热门，许多人都挤着去学，结果毕业了满大街都是，特别难找工作。他去了一家小公司，所有人包括他加起来也就十来个人，没有专门做清洁的阿姨，他是新人，这些活都落在他身上。

那段时间，他每天比别的同事早到半个小时，扫地、擦桌子，还要给老板泡上茶。你以为接下来的剧情，是老板给勤奋的员工加工资，或者重用升职？现实当然不是这样。小公司在一年后就倒闭了，结算时连一个月工资都发不出。本来薪水就很微薄，他几乎没有什么存款，只能狼狈地开始找工作，疯狂地海投简历。

"公司要有蹲坑，不要马桶""要有保洁阿姨"，当时，他找工作只剩下三个要求，这是其中两个。因为有了一些工作经验，他找到了一份网络后台数据管理工作，和他的专业也算是沾得上点边。

"钱多话少死得早"，程序员同行们常常这样自嘲。但他却再也没有像高三那样恐惧过未来。

"虽然对未来的生活依然没有把握，对万事还不能驾轻就熟，但是我能知道，现在做的就是喜欢的事了，排除万难也要继续。"在一次毕业很久的同学聚会上，他感慨万千地说道。

4

《爱丽丝梦游仙境》里有这么一个情节：

"前面有那么多条岔路，我应该走哪一条呢？"爱丽丝向小猫邱舍请教。

"那取决于你想到哪儿去。"小猫回答。

"但我不知道要去哪儿。"爱丽丝为难地说。

"那么你走哪一条都是一样的。"小猫答道。

如果我们不知道自己要前往何处，要朝什么方向努力，那么，任何道路就失去了意义。

对生活的前路不迷茫，其实是一件非常难的事。

有些人摸爬滚打一辈子，都不一定知道自己真正想要的是什么。

等那一刻的"明白"，有时候犹如在餐厅等位，凌晨四点等日出，梅雨季节等衣服干，花点耐心就能等到。但有些时候，就像夏天等落雪，沙漠等甘霖一样，等错了机会就换个时间，站错了地方就挪个位置。

夏天有蝉鸣和晴空，沙漠有孤烟直和落日圆，你也会有自己笃定的事。

路过人间，俯首称臣

我们或许常常会遇到这样的情况：

整理书架的时候发现一本书，上面有许多笔记，仔细一看，是自己的笔迹，但竟想不起来，写下那些感触到底是出于什么样的心情，也不记得是什么时候下过这样的功夫。

配小礼服，配长裙，哪怕是配平日里的普通装扮，都习惯了穿上高跟鞋，快步如飞，再也感受不到疼，曾经那些脚后跟、脚指头被磨出一个个血泡，站到脚底酸痛难忍的日子，早就被我们甩到远远的身后了。

脑子里好像有一种无意识的愈合和筛选作用，把我们耗尽所有的努力推入遗忘的序列，却将甜美的成就留了下来。外人看到的你，曾浴血奋战，却毫发无伤。

三年前，一则 PA（私人助理）的招聘信息，在手机上随着屏幕暗了又亮。

这是国内最大牌的时尚集团，桃子不用打听，都能想象每年有多少人挤破头想进去站稳一席之地。虽然这只是个实习生、助理的岗位，但跟着的人，可是这家时尚集团的总编辑。

看看有哪些女孩儿给它当过 PA：

溪，伦敦中央圣马丁 Fashion Journalist 专业，硕士。

蓝，意大利 IFA 时装设计师学院时装设计专业，学士；意大利 Polimoda 时装学院 Fashion Stylist 专业，硕士。

南，纽约 Parsons 时装学院 AAS in Fashion Marketing 专业，硕士。

丹，纽约大学 Media Culture & Communications 专业，学士。

悠悠，英国南安普敦大学时尚管理专业，学士；英国曼彻斯特大学时尚零售设计专业，硕士。

早些年的，都是 85 后，近年来的，都是 1991—1993 年，和桃子差不多大，但几乎都来自国外知名的学院和专业。

这些人现在大部分都已经进入了这家时尚集团，小部分也在同一档次的其他时尚杂志担任各种时装编辑、市场经理。对，没有不在这个圈子混出个名堂来的。

果然，桃子在第一轮面试里就被刷下来了。她还是有点不甘："为什么，以前不是有个助理女孩儿也一样只有国内学历吗？"

"很多人问我，是不是一定要去国外读书才能来做时装编

辑？"那个总编辑看了她一眼，"问出这话你就没戏了。有戏的，早就主动去寻找自己的差距，勤勤恳恳地补拙去了。"

"我知道自己有差距，所以想来最好的地方实习啊，我有耐心，有精力，我可以跟着你一天轮轴转，你让我干什么都行。"桃子有点着急。

"你能一星期连续都在天上飞吗？那你能两天往返欧洲美国，上海北京香港当天往返，回到家就算半夜也要把箱子丢一边做 PPT 写稿。能熬？那你能出门背四到七个三十公斤的行李箱样衣和道具，拍一组大片就要拆装五百个快递两次。力气大不怕累？好，你还要搞定任何我让你去谈判的对象，中国人、外国人，必要的时候，外星人、野兽、恶劣天气、奇葩地形。我这里不是《穿 prada 的女魔头》的战场，你不是安迪，我也不是米兰达。"

桃子沮丧地站起来想要离开的时候，总编辑又补充了一句：

"你以为和你差不多的那些人，都有非常厉害的过人之处。小姑娘，先让自己长大吧。"

后来，桃子从最接近时尚行业的零散实习做起，手模、腿模、群众演员、活动主持，在北京服装学院旁听服装设计和珠宝首饰设计的课程，兜兜转转了两年多，才在毕业之际进入了一家时尚杂志，从一个打电话做各种各样杂事的小助理做起。

工资很低，可是住得很贵，在时尚行业穿的用的都得下血本，她只好在轮轴转忙成飞人的工作之外，压榨自己的休息时间，去做兼职，接私活，才养得起这份热爱的工作，不，在她看来，那是事业。

也是从那个时候，她才慢慢了解到，穿最潮的衣服、拿最新的包包、戴最贵的珠宝、穿最妖娆的鞋，跷着二郎腿采访欧洲鼎鼎大名的设计师、名流、明星，跟他们一起参加高档的私人晚宴、顶级俱乐部，品珍馐美酒，然后坐在一大堆世上最好看的衣服里，手指点点决定今年的主流款——都只存在她的想象里，没有一份实实在在的工作是"长"成这个样的，时尚编辑也不是。除非谁本来的生活就是这样。

谁活得容易呢？大多数看起来风轻云淡的人，要么是修养好，要么是出尽全力。要有多努力，才能看起来毫不在意。

在这个人人都只把工作当成糊口工具的今天，如果有幸对工作感到热爱，那确实该拼尽一百二十分的力气去争取。

虽然这个过程可能很辛苦，短期回报可能很少，也许会让人感到迷茫不安、恐惧和失望，但你扪心自问，这几年你难道真的没有什么变化吗？工作和爱好高度融合的快感就像命运的召唤，只有不断地接近本质，才能感受到从若隐若现到时时刻刻的亢奋，每个简单的成就都会让你喜极而泣。这大概就是不放弃和等待的意义。

——"如果有个人连衬衫都没穿就跑来参加面试，最后我还雇佣了这个人，你会怎么想？"

——"那他穿的裤子一定十分考究。"

这段对话出自《当幸福来敲门》，翻译成大白话就是：你凭什么让人愿意给你机会，在你身上付出时间？

作为一个因为换了工作换了行业而经常错漏百出的"新手"，我经常用这句话来勉励自己，无论任何时候，首先要让自己有一样拿得出手的东西，然后再去全方位地完善自己。

为什么实习生总是又辛苦、拿钱又少，仅仅是因为他们没毕业，没签合同吗？是因为"学生"这个身份

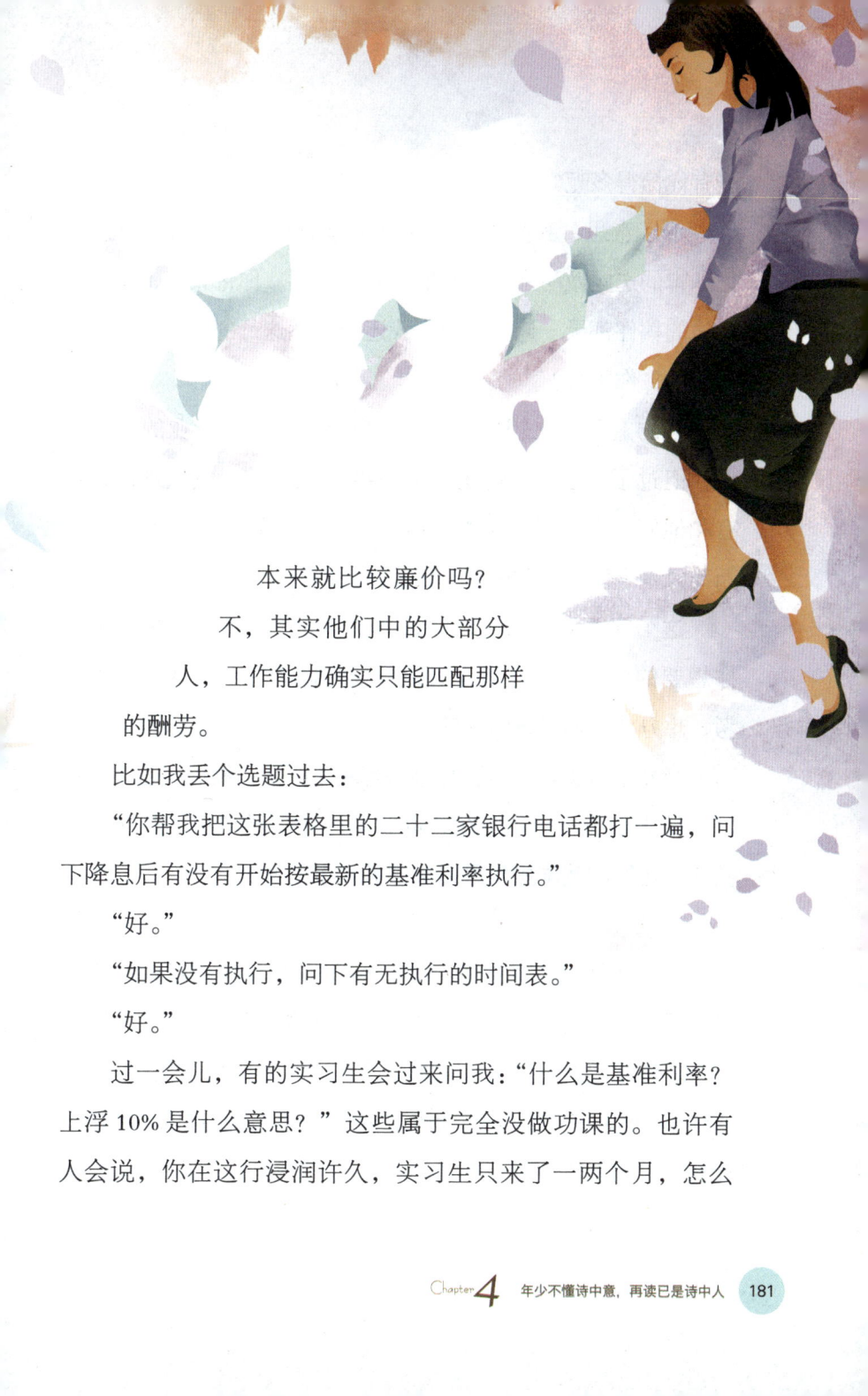

本来就比较廉价吗？

不，其实他们中的大部分

人，工作能力确实只能匹配那样

的酬劳。

比如我丢个选题过去：

"你帮我把这张表格里的二十二家银行电话都打一遍，问下降息后有没有开始按最新的基准利率执行。"

"好。"

"如果没有执行，问下有无执行的时间表。"

"好。"

过一会儿，有的实习生会过来问我："什么是基准利率？上浮 10% 是什么意思？"这些属于完全没做功课的。也许有人会说，你在这行浸润许久，实习生只来了一两个月，怎么能有你懂得多呢？

　　不好意思，我换工作进入这个行业也就一个月，已经会把基本的选题做法都熟悉并能独立操作了。你每天早上把各家媒体的稿件都录一遍，理应比我还要熟悉这行的动态，为什么我可以，你不行？

　　有的实习生比较勤快，已经自行去了解了行业的基本知识，但过了一会儿，还是会来问我："银行的个贷经理说，只有和他们合作的楼盘才能告知利率，并问我买的是什么房子，而我只是个假扮的购房者，怎么回答？"

　　这个问题的本质是，你如何从不太配合的人那里，获取你想要的信息，这也是记者最重要的能力之一。你必须去思考，想办法取得对方的信任。

　　当然也有实习生自己想办法解决。好了，最后问题来了：

　　从来没有一个实习生，问我为什么要做这样的选题，以及这种选题的基本操作思路和必备元素是什么。

　　在我也还是一个实习生的时候，我也只会盲目地接下记者们丢过来的任务和要求：你去帮我把这件事的背景资料整理一下，你帮我查下这个人的全部信息，你帮我把历史上发生过这件事的时间表找出来。我也很少会去问：这个选题，要做成什么样，才能算完整而丰富？

俗话说，术业有专攻，那么，这些领域分别对应的是哪些行家？在采访的时候，我要怎样针对这个话题来提问？

有些路是有捷径的，它建立在你主动学习，主动思考如何走上更高级台阶的基础上。你甚至可以向你的实习老师提出质疑：你这样的做法已经很老套，不合时宜啦，或者，我有更好的想法，你要不要听听？

当实习生是很辛苦的。因为酬劳低，租不起离单位近的房子（家里有"赞助"的除外），而现在很多学校都远离市区，通常离实习单位也很远，每天奔波在路上的辛劳，有时甚至能抵过半天的工作精力。

问题是，你花这么多时间、精力，仅仅是来拿一张实习证明吗？

我是这样的人，如果你问的问题我不知道答案，那么我会先回答你"我不知道"，但是我会告诉你，我现在就去寻找答案，我知道如何寻找答案，我试试。其实最后我一定能找出答

案，只不过先不给对方承诺，最后结果会比对方的期望值更高。

也有人一开始就先封死了自己的退路：我一定会找出答案来，相信我。这种置之死地而后生的方法固然会给自己更多的动力，无可厚非，但也存在小概率的失误：人总有办不到的事。

真正到了职场，就是一次求生的竞赛，你必须打败同胞，才能生存。你永远不能等待别人主动去告诉你，这件事应该怎样做，也不能期待在你感到无助的时候，必须给你力量。职场没有心灵鸡汤，也没有灵魂导师，你不是来学东西的，你是私下练好了功夫，台面上一展身手的。

拿多少薪水做多少事，那也许是国企、公务员系统里才能实现的价值观。只要你参与到市场的厮杀里来，就永远是用户的需求决定你的工作量。不是每份薪水都能代表你的实际工作能力，但反过来，你的工作能力一定决定着你的收入。当你一个人就可以像一支队伍一样作战的时候，匹配你额外能力的那部分薪水，也会远远地向你招手。

你必须为自己的人生早做规划。年轻的时候总会有部分生活质感缺失，你可以为了热爱的事业和理想，投入无限的精力、时间，可以不计较回报，可以不问得失，但是你必须想清楚，真正要做的是什么。这样在你达到一定成熟资质的时候，才可以举重若轻地估算出自己的精力投资和机会成本的配比，才可以更加精确地平衡职场和生活的权重。

没有谁能一直等你

2013 年 12 月 21 日，孙静香定下 2014 年 1 月 1 日飞沈阳的机票时，并没有想到，自己会与梁之舟再次见面。

那一年，迷笛要在深圳大运中心举行中国第一个跨年音乐节，孙静香早就和同学约好了，要一起去看，然后顺便第二天到香港玩玩。这么一算，在深圳应该要待上两天的时间。

自从孙静香在朋友圈发了要从珠海到深圳跨年的计划后，梁之舟就开始旁敲侧击了许多次，表明了要见一面的想法。

梁之舟比孙静香大一岁，两年前的国庆节，孙静香正在宿舍里无聊地听音乐，一个熟识朋友的电话打进来："嘿，静香，我堂哥他们想去揭阳玩，你要不要一起？"她一想反正自己也没事，随便收拾了下就过去了。孙静香熟门熟路，一路推荐的吃的玩的，让朋友的堂哥一家都非常尽兴。哦，她朋友的堂哥，就是梁之舟。

没有俗套的一见钟情。在孙静香当时看来，梁之舟长相一般，个头一般，幽默感……也很一般，实在没有什么让人另眼相看的地方。梁之舟倒是一路都挺爱找她说话，她也漫不经心地，有一搭没一搭地聊着，后来分别时互加了微信，也没怎么聊过天。所以那次梁之舟提出想见面，孙静香懒得折腾，就直接选择了忽略并婉拒。

后来，她计划有变，在离 2014 年元旦还有几天的时候，她放弃了去香港玩的计划，打算在深圳跨完年直接飞沈阳去和妈妈会合。

可能也是梁之舟请求了太多次，语句温柔，她开始有点动摇。没多久，梁之舟回到深圳，再次给她发了条微信："孙静香，我觉得无论如何，我们还是抽空见一面好吗？你下次也不知道什么时候来深圳，而我也不一定碰巧那个时候刚好回国。"

"不是我不见，你看吧，我 31 号到深圳，1 号早上八点半的飞机，我们哪有时间见面。"

孙静香懒懒地回他。

"那就 1 号早上我去机场送你吧。"

"好吧。"孙静香随口答道。

她实在不认为，梁之舟会过来。八点半的飞机，提前半

小时登机，一个小时领登机牌进去候机，算起来如果两人一定要见一见说上话，那么他六点半就得跟她一起出现在机场。

就在孙静香快要到深圳的那天，他们还有着断断续续的联系。直到她 31 号到了深圳，两个人也像是很默契地，谁也没有提起第二天早上要几点在机场见面的事。孙静香以为，这件事也就这样不了了之了。

那天晚上，孙静香在音乐节玩得很嗨，时不时会接到梁之舟跟她唠叨自己怎么帮妈妈算账的微信，也象征性地问了几句音乐节好不好玩，冷不冷之类的话，还是没有提第二天要见面的事。

孙静香回到酒店洗完澡已经快两点了，梁之舟催她早点睡，说自己还在忙。她五点半起床的时候，看到梁之舟三点多还给她发过信息，说自己刚回到家。当时，孙静香心里还有一阵小窃喜，以为他肯定不会来了。

路上一共收到梁之舟两条微信，第一句是"糟了"，第二句问她"在哪了"。孙静香说在机场大巴上，梁之舟换了语气淡淡地回了个"好"，就没再说什么。二十分钟后，他又发来信息："孙静香，你等我一下，我拦不到的士。"然后说，外面风好大，天还没亮，很冷，你有没有穿够？

很多天后，孙静香坐在远在几千公里之外的北方家里暖烘烘的地板上，跟梁之舟说起当天的事，才知道，打从说好要到机场送她，他就已经计算好从他家到机场开车要走哪条路，开车多少分钟能到。因为宝安机场刚搬航站楼才两个月，他回国不久，还没自己去过。但是那天忙到太晚太累，坐着坐着就睡过了，澡没洗，衣服也还是前一天的西装，刷了个牙就直接下楼了，没想到等了很久都打不到车。

那天，孙静香到达机场的时候已经快七点了，她找到南航的柜台准备换登机牌。奇怪的是，那里还没开放值机，柜台里甚至还没有人，她转了几圈，梁之舟也还没到，心里不禁嘀咕着：要是待会换完登机牌他还没到，我就直接进安检了。

她刚嘀咕完没多大一会儿，梁之舟的电话到了。说了两句"你在哪？你别动，我走过去"之类的话后，两人一转身就看见了对方。

梁之舟当时大概离她二十米，慢慢地走过来，脸上带着微笑，很暖的那种。不知道那一刻到底发生了什么化学反应，孙静香居然整颗心都有点软绵绵。她没有想到，再次见到梁之舟，会是这样的感觉。

"你穿了几件，冷不冷？"

梁之舟走到她身边，自自然然地握了下孙静香的手臂。其实，她那天整个人都是肿的，一眼就能看出来穿多了，因为下机就是东北，她已经提前穿上了羽绒服。梁之舟的第二句话就是：

"孙静香，要是待会航班取消，我就帮你买下一班。"

"哈，别闹了，可不能飞走啊。"

孙静香想的是，到了沈阳和妈妈会合后，还要转机去乌兰浩特。可是没想到的是，话真被他说中了，最后那班飞机真的取消了。

两人打算先去吃早饭。在去餐厅的路上，孙静香的妈妈打来电话追问，你换登机牌了没，过安检了没，可千万不能误机啊。她解释了一番，还叫妈妈别担心。

孙静香故意放慢脚步走在梁之舟后面，跟妈妈闲聊些有的没的，还问妈妈晚上到了以后要带她去吃什么好吃的。她越走越慢，梁之舟也放慢脚步等她。

机场的餐厅在二楼，上扶梯之前，她还在打着电话，感觉到他从后面轻轻地推了一下自己，示意她上扶梯，走上扶梯之后，梁之舟还扶了下她的腰，她站稳后，他就松开手了。

一向很忌讳男生这些小举动的孙静香，在那一刻竟然也没觉得有什么不妥，仿佛是自然而然的，心里也有股暖流缓缓而过。要知道，在那之前，他们从来没有单独出来过。

其实，哪有什么赶不上的行程呢，只有不想赶上的人。说什么"要是误机我就不走了"结果还是走了的，都是瞎话。孙静香承认，虽然那天航班取消得莫名其妙，但是确确实实，有那么一刻，他们两个人都不想那么快就和对方分开。

　　吃完早餐结账，服务员找来零钱，梁之舟一边把他身上的纸巾塞到孙静香的外套口袋里，一边又让她接过服务员的零钱然后放在他的西装口袋里。后来每每回想起这个画面，明明两个人可以自己放自己的东西，却站在餐厅门口分别往对方口袋里装，真的好好笑。

　　梁之舟不高，大概只比孙静香高十公分。结完账后梁之舟往她身边一站，比画着说："孙静香，我觉得你也没有多高嘛。"因为之前他们在微信里讨论过好多次身高问题，当时孙静香觉得好奇怪，作为一个女生，我有一米六五，你一个男生才一米七五不到，反而还嫌我不够高？

　　就像小时候，小男孩喜欢上一个小女孩，总是爱说她今天扎的蝴蝶结歪了呀，裙子脏了一个小点呀，其实并不是在说她不美，只不过是以这种方式来在喜欢的人面前强调自己的存在感。也许梁之舟也一样。后来孙静香在南方遇到好多和梁之舟差不多身高的男生，都特别在意这个，反而那些一米八的大个子，从来没有纠结过她的身高。

　　孙静香没有刻意想过，为什么那个时候，梁之舟一定要见她。也许是她刚好去深圳，他刚好回国，时间对得上，就心血来潮约一下；也许是，她是他一直默默关注的对象，只要有机会，当然想要见一面。

在孙静香心里，比较倾向于后者。"因为之前就不太对劲啊，他11月还给我寄过几次礼物，咖啡机、烤箱，还有一些吃的东西。"

在他们还只是普通朋友的时候，梁之舟会跟她讨论男女关系，也会突然问她一些问题，比如对爱情某一方面怎么看。孙静香不知怎么的，噼里啪啦牛头不对马嘴地说了一通关于他们俩到底哪里不合适的理由。

后来梁之舟告诉她，他就是在那一刻爱上了她。孙静香一直很疑惑，因为那个时候，他们不过是偶尔聊天的普通朋友。

他们在一起后，孙静香给自己的解释是，那个时候，他虽然没有具体指向什么，她却先急急地摆手想要退出，让他感觉到她不再是当初那个对他没有任何想法的女孩，出于一种男性的征服感，他或许想要把这份已经有征兆的爱意确定下来：哦？我们不合适？那我偏要试试。

大概是，她自己先露出了底牌。

在他们之后的交往中，两人一直扮演的，是那种梁之舟拿不定主意就去问她，而孙静香理性地给他分析的角色。

"我堂弟、堂妹都没人管，他们的父母也不过问，在新加坡的时候都是我管的。"

"那你就辛苦点管管他们，女孩子还好点，男孩子一没学好后果就会很严重。"

"我想买车，买什么车好？"

"确定价位再筛选品牌型号，以你自己的实力买适合你现在身份开的车，而不是花大价钱买辆车别人一看到只会说这人肯定是富二代。"

"买比亚迪吗？"

他们的对话，常常 get 不到对方的点，就好像性别角色掉转了个，他像个初出茅庐什么都不懂的小女孩，偶尔撒娇打泼，她却像个经验十足的大哥哥。孙静香回忆，在这一整年的相处里，她好像几乎从来没有跟他卖过萌撒过娇，因为那会让她觉得自己在跟一个小孩去要宠爱。

久而久之，这段奇怪的关系让孙静香感觉很累，梁之舟也感觉很压抑。他们开始忍不住抓住对方的弱点伤害对方，把话说得很难听又忍不住再去找回对方。随着彼此越来越了解对方的痛处，也让伤害扎根得越深。

控制不住情感情绪，本来就是恋爱中最常出现的状况，但有些男孩偏偏要在这样已经错漏百出的关系里，抢占一个道德高地。在孙静香眼里，梁之舟就是这样做的。

他总是在她诘问的时候，先一步承认自己不对，然后逃避她的抱怨。在她怨气越来越重的时候，他又反过来显得大度：你在想什么，都可以告诉我，不用隐藏在心里，你要时刻想着，你的对象，不是一个无理取闹，不理解，会胡思乱想的人。

对，梁之舟从来没有无理取闹，从来没有胡思乱想。他不紧不慢：你逼近一步，我就退一步，你累了退了我就上前，明知故问：你怎么了？

孙静香理解的亲密关系，就像是那句台词："当我知道了我要和某个人共度的时候，我希望这个余生越快开始越好。"而梁之舟则是："好像一切来得太快了，我自己有一堆问题，我可能不适合谈恋爱。"

这个世界上，真的有不适合谈恋爱的人吗？更多的情况是，不适合在一起谈恋爱的两个人，我为你耗尽心力，你觉得毫无意义，你为我做过的考虑，我也感觉不到，双方的心意如同到不了对方脑电波的信号，是一种解方程解不出的无力感。

孙静香记得他们在机场吃的那顿早餐。她没胃口，梁之舟轻轻地说了句："那我按照我的口味点给你吃好不好？"她记得很清楚，他叫了份排骨、凤爪、虾饺、萝卜糕，还有她的一碗粥，并且很细

心地让服务员一定要给她上一碟咸菜。

她说她喜欢吃芋头，他就非要多叫一份蒸排骨，只为了把里面的芋头夹出来给她。她原本不喜欢吃烧卖，但是吃了一个以后，真的觉得比她以往吃过的都要好吃，不知道是不是心理作用。

当梁之舟用勺子一点一点帮她挑走粥里的小黑点，还体贴地帮她把长发撩到耳后的时候，孙静香有点恍惚，仿佛这样的场景是可以天长日久地过下去的。她突然在心里生出一些期望，想和他一起吃好多好多顿饭。尽管这个念头刚一出来就把她自己吓到了。

她真的以为，他们会好好地走下去的。后来，她却宁愿故事从来没有开始过，或者永远留在 2014 年 1 月 1 日，她第一次单独见到他的时候，而不是 2014 年 12 月 31 日最后一分钟。

陶喆唱《普通朋友》："我无法只是普通朋友，我感激你对我这样的坦白，但我给你的爱暂时收不回来，我猜，你早就想要说明白，我觉得自己好失败，从天堂掉落到深渊。"

直到现在，孙静香的微信名还是 wanan，意为"我爱你爱你"，因为以前，梁之舟睡前都会给她发"wanan"，而不是晚安。

后来，孙静香读到绿妖的《北京小兽》，里面有这么一段话——

"她动了一下，不安地嘟囔一句：那你爱我吧。像陈述句多过疑问句。好，我爱你。"

孙静香心里一颤，想起当初梁之舟温柔地对她说：

好，爱你。

所以又如何

一年前，琳达离婚了，在法国。

签离婚协议的时候，她的法国丈夫已经跟她分居许久。她知道，他早就有了新欢。他给她的理由是，语言不通，沟通不便，感情就淡了。实际上，那个时候，琳达的法语有了很大进步，基本的交流已经没有问题。分开的理由不一定是你听到的那样，琳达懂。

曾经为了支付母亲昂贵的治疗费用，她经历过人生中最拼也最艰难的时刻，穿着高跟鞋等公交，在黑馆子刷碗拿日薪，即使是母亲去世，因为还有爱人在这个国度，她仍觉得前路就像木偶头上的线，牵引着希望。

但离了婚，她就真正只有自己了。

她没有正式工作，没有固定收入，最难的是签证，之前她每次申请一年，申请满三年，可以有资格申请十年签证，但审批很难过关，他们的结婚时间也不够五年——她的丈夫已经迫不及待要求她必须签字。她跟很多人抱怨过，想起当初他为了让她来法国，多么热忱，爱得又多么热烈，可是……

焦虑和恐慌曾像洪水决堤，原来挺过那么多生活重压的她，再次被挫败感湮没。她不想回国。母亲已经去世了，父亲也已经有了自己另外的家庭，她当初破釜沉舟地来到法国，就不想再灰头土脸地回去。

当离婚已经无法再拖，成为确凿的事实之后，她反而坦然了。没有丈夫那奇葩的姐姐家庭，没有异国不同文化下的婆媳关系，没有因为丈夫不回家而日日徒生的怀疑和心力交瘁的争吵，好像生活也不是那么糟糕了。

琳达还找了一个给中国人当导游的工作，在英国和法国之间来回跑。对欧洲历史文化一无所知？上网查呗，法文太难看不懂，就看中文和英文介绍，反正是对着中国人介绍；没当过导游，不会说笑话？那就不勉强，拿出自己以前当老师的范儿，而且，中国人到欧洲旅游，都是走马观花拍照发朋友圈，大部分时间还是买买买，伺候好这些金主，就成功了一大半。

穿梭于各国美景、见识到不同的人文风光和不同人的生活之后，琳达觉得，那些沉浸在一个人的暗淡无光和自我否定的时刻，就像抱着头坐在井底。

她不是非得拿到法国十年签证，或者入法籍，英国或者美国，或者更大的世界，她都不再胆怯。离婚也没什么大不了，她再也不是几年前刚来法国时那个唯唯诺诺的小女孩，她现在成熟又能养活自己，已经有不少男性向她投来橄榄枝。

有人感慨她现在已经闭口不谈出国前的专业，从一个数学天才变成了现在为钱在世界各地打转转的小导游。那又怎样？她觉得自己过得很开心，至少她想要的，她想做的，要是在国内，绝对无法满足她。

我有这样一位朋友，当初和他一样通过交换生到法国的同学，最多两年，完成交换学业就回来了，他坚持念到了巴黎六大的硕士。回国后许多名企争着要他，在许多毕业生为了户口争得头破血流的北京，不少公司向他提出，户口名额很宽松。

现在，他依然被派往世界各地出差，有艰苦的条件，也有过绝美的体验。最近的一次，在喀麦隆的泥路狂奔四个小时后，他终于在晚上十点走出了毫无手机信号的原始森林区，但是第二天早起后发现酒店就在海边，大西洋，几内亚湾，几乎被美哭了。

当所有人都在说"你应当怎样"的时候，其实就是最

该警惕的时候。

我们这一代人走上社会舞台，规则已经跟过去有了很大不一样，与其在自我想象的拉扯中消耗心力体力，不如去试一试，冲在前面也许会有短期不适的痛苦，但原地等死，往往会带来更大的损失。

当你开始发现，接二连三的好事到来，老天开始眷顾你了，用句老土的话说，是因为"天助自助者"，因为你曾经顺应自己的内心做出了不一样的选择，你没有听从那些陈旧的经验。其实，当你迈出那一步之前，你的自身机能、你的自我评价都在给出答案，你根本不会走错。

Chapter 5

愿你此生尽兴，
不舍爱与自由

活在人生的真相里

1

从《致我们终将逝去的青春》到《匆匆那年》，从《何以笙箫默》到《左耳》，80后、90后的青春被不断地搬上银屏，不少人怀着记忆，想在影片里寻找有自己影子的那些私密而又独特的体验。

恋爱大过天，失恋甚于死，这就是小众青春电影的魅力。

一恍然一瞬间，我们不再一起等待下午五点看那些动画片，《舒克与贝塔》《葫芦兄弟》《大头儿子和小头爸爸》《机器猫》《樱桃小丸子》，不再一起兴致勃勃地玩陀螺、纸牌和飞行棋。光阴是这么不动声色地，把那些遥远黄昏里的记忆，扫进一地琉璃的角落。

2

世界瞬息万变，我们在这样的节奏里生活和呼吸，三年，五年，甚至更长，理想会褪色，激情会麻木，还有什么是不变的？青春里的疼痛和寂寞，都是藉由此而来，而我们却不自知。

越长大越不安，看着梦想的翅膀被折断，也不得不收回曾经的话问自己：你纯真的眼睛哪去了？也突然间明白，未来的路并不平坦。

这和爱情里的惯例是一样的，刚开始的时候，给你一点儿，你就觉得情深似海，后来即使把心都掏给你，你也嫌不够。人是贪心的，特别是在得到以后，并且不觉得自己拥有的已经是多么庞大。

小时候，有颗糖就可以含在嘴里甜蜜半天，堆个泥城堡也专心致志地像在搭高楼大厦，爬树下水样样在行也不怕脏了衣角，即使被骂也还计划着明天要约小伙伴再去。而现在，世界跟儿时想象的一样精彩繁复，有太多似乎触手可及的乐趣和诱惑。

即使是电视剧里十恶不赦的大坏蛋也有着最纯真的年龄，只是后来我们都变了，往不同的方向走，刚开始可能会结伴而行，也曾天真地发誓要一直这样一起走下去。不过，最单纯的友谊反而是没有什么信誉可言的，人生中的十字路口在不断增加，甚至不需要妥协不需要争吵就自动地兵分两路，于是慢慢地，就只剩下自己一个人。

3

一个人的行走是不可耻的，可耻的是孤单。

对于青春来说，有时候"孤单"和"空虚"是可以画等号的。

人山人海里，你无法忍受自己的内心孤零零的。就像白娘子在雷峰塔里的十八年，孙悟空在五行山下的五百年，那些空落落的岁月里，你想要什么，都得不到，你不知道梦想是否可以实现，于是你想试遍这世上的所有办法。

在最叛逆的那些时光，我也曾大声说未来的路我自己走，不要你们管，仿佛是向世界宣告自己的存在，仿佛只有这样，才能证明自己，才能吓跑年少不安的胆怯灵魂；受了伤就只会哭着唱，每颗心都寂寞，每颗心都脆弱都渴望被触摸。随着年龄的增大，不可改变的现状与理想的差距带来的孤单感也愈演愈烈，你会发现，越来越没人在乎你的感受。

因为早高峰你被挤得几次上不了地铁公交，甚至被踩坏了高跟鞋，挤掉了手机，而公司的打卡机只会忠实地记录下你迟到的时间，谁让你不早点出门？

你生病了，感冒发烧咳嗽，可能还附带大姨妈，痛苦万分但还是来上班了，领导第 N 次打回你的方案，你说身体缘故力所不能及，换回的是一句：身体好的时候可以做十分的事情，身体不舒服只能做到五分，既然这样你还不如请假。

你失恋，前一晚醉倒在酒吧，被朋友拖回家，吐了哭了也骂过了，第二天早上还是得按闹钟响起的时间起来，没有人可以为你的难过和没有状态买单。

流程上出现了错误，你解释说自己已经跟其他部门交代过了，但只有电话沟通，没有邮件备份，没有谈话记录备份，你如何证明自己的清白？

"疼痛"不是青春的外衣，找不到努力的正确方式，再怎么大声喊叫，世界都听不到。这个社会，并不认可无缘无故的矫情和没有任何价值的骄傲。很冷漠，也很公平。

4

过了 20 岁，张狂和叛逆离我们大多数人已经越来越远了。那些不切合实际的幻想已经越来越少，取而代之的是巨大的失落。

我们曾经用自己的方式证明自己的存在，可后来却在求证的过程中迷失了自己；我们曾经想通过自己的力量得到独立，并且粗暴地回拒父母的关心，可却发现离开父母和我们朝夕相处的环境根本连生存都没办法保障。

我们是这么无可奈何地发现，我们改变不了现状，反而被现状改变了。因为我们已疲倦已不复激情不复昔日的冲劲。

我们越想越迷茫，恐惧和不安胀满了依然年轻的天空。

大学的时候，有位专业课老师在给我们上的第一堂课说了一句话："你们这个年纪有权利说错话，有权利愚蠢。"

但是，这个社会，到底能够容忍我们犯多少次蠢？每个人都会经过自己的青春，却没有人能回答这个问题。

你需要在跌倒后一次次爬起来，叮嘱自己谨记教训，以防止下一次爬起来，已经赶不上大部队。最好的办法是，减少自己犯错的机会，起码要比别人犯错的次数少。

在空虚足以吞下自己形体的无数个白天和夜晚，文字成为我形而上的依靠。我逃避华丽喧嚣的东西，用最简单的语言去描绘我接触到的世界和人的内心。

有时候能够成功，因为一个人最无法欺骗的，就是自己的内心，有时候不行，因为庞大的假象下，人心有时候就是华丽大袍下的虱子。还有的时候，写很长的文字，却无法准确表达某种心情。

那是因为内心的动荡不安。

越长大就越不能随心所欲地抒发感情，因为有了羞赧有了踌躇，对日益庞大的孤单无所适从，对无法掌控的未来和当下所见有了惧怕，不知如何诉说这无从诉说的世界。

但是等过了一段时间以后回头看，那些浸染自己悲喜的小文字，已经生动和鲜活起来，我才模糊地感觉到，我们似乎都要经过这样无所适从的年纪。对于未来指手画脚过，也畏首畏尾过，然后才能跨过那些被我们主观承受力放大了的伤春悲秋，才能切肤地体会必经的艰辛，我们才得以有足够的勇气哭出声来，发泄我们被孤单和无助压迫的那些光阴，我们才得以拥有热泪盈眶的青春。

很多时候，我们以为无法企及的温暖，其实隔着一道屏障和我们遥遥相望，只不过那时候的我们，因为太过害怕伤害而拒绝路过。

5

二十岁的时候看到这样的句子：

"如果有天我们湮没在人潮中，庸碌一生，那是因为我们没有努力活得丰盛。"

"活着的价值，在于要有一个饱满的人生，隐忍平凡的外表下，要像果实般有着汁甜水蜜的肉瓢，以及

一颗坚硬闪亮的内核。这样的种子，才能在人间深处生根发芽，把一段富有情致的人生传奇流传下去。"

说这话的人，已经在中国的某个角落，骄傲地做着自己喜欢的事情。而这些话，我看到后，就一直虔诚地记得。这些年来，走出自我膨胀的欲望，走出自我的小伤悲，已经开始渐渐平视这个世界。

小时候怕被别人抢走心爱的玩具，长大后怕走不出失恋的悲伤，成熟之后怕无法圆熟地与世界打交道。然而我们就是这么过来的，就像那首歌里唱的，一步一步走过我的孩子气。

总有一天青春会谢幕，我们会连无知地伤悲的能力都丧失掉。但这未必不是一件好事，你可能再也不会去思考自己是孤单还是寂寞，并且会发现，即使处在热闹的人群，都不再害怕，即使一个人，都能自得其乐地享受人生。

成长的代价是巨大的。你也很可能会面临这样的阶段：将时光分为年月，将日子分为钟点，一点点地熬过去，内心空旷，一片死寂。

我曾经在一次讲座上遇到一个日本人，他告诉我，三年前他从未想过自己会离开日本到海外工作。当时公司派他到北京，他不会中文，不会英语，第一次离乡背井，父母妻儿不在身边，感觉快要崩溃。但是在中国工作生活的三年让他改变了当时的看法，渐渐地从内心抵抗到接受，进而主动报了个中文班，想要系统地学习中文。

"听完讲座后，晚上我就要去上第一节课了。"他眯起眼睛笑。

从生理上的青春走出来，去学习社会规则，学习生存技巧，是我们中的大部分人都要经历的第二次成长。你总要知道，并不是那个少年没法让我们满意，并不是那个领导专门为难我们，而是我们自己没办法对自己满意。

每个人都必须穿越最寒冷的冬天，经历一个人的战争，才能抵达自我真实的内心。

我们每个人，都要经历许多难以忍受的寂寞、痛苦和忧伤的浸染，才能慢慢到达成熟和丰盈。

人生海海，自由触手可及

中午十二点，我来到全家便利店，拿起一份已经热好的快餐饭盒，扫码付款，在二楼找个位置坐下，开始边刷朋友圈边吃饭。

不出意料，老卢又开始刷屏了。算了下，美国那边的时间应该是晚上十一点，这货一定是又暴走一天然后兴奋得睡不着，来虐我们这种"上班狗"了。

仔细看了下，全是照片，波音飞行器博物馆、挑高像教堂一样的火车站、在单轨列车站里的机器人指示标识、教演化论的教会大学……最好玩的是，家里摆满各种别致小物，十分有品位的邻居家，却在吧台上贴着毛主席画像。

　　最新的一条朋友圈，是九张风景图，有全玻璃幕墙的建筑，因为过曝，幕墙上倒映出来的云彩呈现出绚丽无比的奇观，露红烟紫，斑驳陆离；有飞过双子楼的海鸥和私人小飞机；有直插云霄的洛可可风格柱子；有紫红色的塔吊、漆红色的邮局和白色的萨摩耶。最吸引眼球的并不是这些，而是，蓝天。

　　蓝到什么程度呢？

　　老卢跟我说，曾经他在南方某个人烟稀少的海岛，坐在躺椅上闭着眼睛听海声，感受海风穿过身体，沉沉睡去，醒来像是充满电一样，浑身都充满力量，就是看到那种蓝的感觉：深邃、纯净、醉人，像是有着极大的能量将你的眼睛、身心吸引，一点儿都不夸张。

　　"早上八点从城郊到市中心的列车，不用定位子，就算乘客密度达到最高峰，车厢里才坐了不到二分之一的人。"

　　"很惊讶，这里的鸡蛋居然是受精的。莫非是小农场出产？然则小农场如何保证低价？"

　　"镇政府和警察局边上的滑板公园，没有人讨薪，也几乎没人玩，但饮用水还是一直供应，真浪费。"

"专为健步者和自行车锻炼者修的十公里长的 trail，机动车不许进入。很安静，景色漂亮，所以美帝不跳广场舞。"

"把学生送到家的校车，无所谓什么车站，要停就停。上下学生的时候车前后的灯亮，边上的车必须停。"

"塞斯纳原来非常安静。当然可能和森林的吸音作用有关，几乎注意不到。"

"美国群众热爱装饰后院，其实是有着强大的物质基础的。花店普及，种植容易，工业化和商业化程度高，一分钟移栽。"

"后院灰松鼠，名字叫 itchy。喂他花生。另一种红松鼠不近人。"

"维港唐人街大门及好吃的中餐馆，老板人超好。不仅中国人喜欢，当地印第安人首领都喜欢他。"

"枫叶国不列颠哥伦比亚省的观鲸价格大约是六百到九百元的样子，三小时左右，可以保证看到。没亲身去，只在美加来往的 black ball 船上看到过。属于无责任广告。"

……

我几乎能感受到电脑屏幕另一头的老卢，轻松又快乐地敲下这些字。

三十七岁，未婚，无女友，无房，国企出版社编辑。简单几个词，你应该可以明白老卢在上海这座城市的压力。

老卢喜欢游泳，我们建议他留意下身材好的姑娘，直接上前搭讪。老卢腼腆地摆摆手：我哪敢上前，就算过去了，我肯定也紧张得说不出话来。

老卢是工作狂，经常晚上十点还在办公室编稿，我们建议他把握好机会，拿下社里新来的那个年轻美编，他轻描淡写地说，人家是 90 后，跟咱没共同话题，而且你们看看她做的设计，根本上不了台面，我要跟她在一起，肯定天天气不过。

我们撺掇朋友给老卢介绍相亲对象，刚开始他还蛮积极，去之前都好好梳理打扮一番，还各种征求我们的意见，后来他索性不去了，再问，他说："每个人一见面就问家里经济情况，我不想再去丢这个脸……"

再后来大家也就不替他操心了，见面就调侃他，什么时候出家？

老卢心态倒也还好，除了老是因为自己经济能力不好而在找对象这件事上自卑外，简直是健康生活的模板：定期健身，早睡早起，不酗酒不抽烟，按照食谱定量投喂（自己）。

人也踏实靠谱，社长一直都很欣赏他，无奈出版社工资实在有限，就算升了点儿职，奖金也只不过多了几百块钱，生活还得紧着过。

这样一个生活、工作都中规中矩的人，怎么就突发奇想想要请三个月的假，到美国自费度假呢？我问他，领导肯放你走那么久？老卢"哼"了一声："我给他把杂志做到四个月之后了，还不要丫一分钱工资，他其实是赚了。"

"那你为什么想要去美国玩那么久？"

老卢沉默了一会儿，说："有一天，我加完班，一看时间还比较早，就想赶紧回家做点翻译兼职，补贴家用。晚上九点半的地铁，小学四年级的小朋友趴在大大的书包上做数学口算题，穿西装的年轻人抱着电脑包倚在柱子上打盹，身子随着车晃动而东倒西歪，扎着马尾穿着不合年龄套装的女孩一手抓着吊环一手抓着手机背单词。"

我突然明白了老卢的意思。

这个城市，每个人都很努力，你也很努力，但是你努力的方向是什么？有人为了赚钱养家，有人为了升职加薪，有人为了享受生活，有人为了摆脱贫困，有人为了爱情……

"有人什么都不知道，就像我。"老卢叹了口气，"买房？钱不够。娶媳妇？娶不起。买车？有代步就够了。我有一笔钱，但是又不太多，算了下，朋友提供住宿，节省点，三个月的花费其实和国内旅游差不多。这单位也待够了，不如出去走走。"

故事里说，龙猫大吼一声，软软萌萌大眼睛的猫车就会缓缓开过来。坐上猫车，我们就能抵达内心想去的地方，它眼睛如炬，可以照亮前路的迷雾。

老卢心里的那声叫唤，大概来自于某个艳阳天的下午，看稿看得眼睛发酸，伸个懒腰望向窗外，刚好一队小学生经过，有说有笑，又唱又跳，像是去春游。突然，一个穿校服的小女孩仰着头指着天空大喊："快看，天好蓝啊！"

路上所有人都停下来，望向天空，孩子们认真地张大嘴巴，眼里是闪着光芒的兴奋。时间仿佛在那一瞬间停止了流动，老卢也抬起头看了看，不知怎么想起了美国小说家James Salter 在《光年》中的句子：

"人生如天气，有阴有晴，人生如飨宴，在蓝格子桌布上大享午餐，尽情撒盐。"

在很小的时候，我们也像那些未谙世事的孩子一样，被这世上的美景轻易打动。而当我们逐渐长大，吃饭是敷衍的事情，工作是敷衍的事情，连生活，也带上了几分敷衍的意味。

世界那么大，你想去看看？

有阵子，网上流行一个段子，你花一个厨房的钱，就可以把世界周游一圈了。但是立马有反对派跳出来：回来还不是照样要面对房贷、车贷，被繁重的工作压得喘不过气？有句话说得好：钱包那么小，哪都去不了。

我仍然觉得，既然生活不如意，那不妨先弃它而去，不管回来后生活是否还是充满着各种压力，但是肯定和之前不一样。你一定不再以为，自己一辈子就只能窝在那个角落了。你因此学会了如何调节自己那些糟糕情绪，你开始试着在工作之外花时间照料自己，你知道了生活居然有那么多种可能性，而你都可以去试试。

你的梦想都不一样了。

你蘸点盐，就能在蓝天这块大桌布上大快朵颐。而这个世界，大得随处都是自由。

愿无岁月可回首

亲爱的张躲躲:

收到这封信你也许会觉得很奇怪。前一天凌晨三点十七分的时候,你写下了一封《给十年后的自己》的信,我看出了你的期待,你的迟疑,你的心潮澎湃,你提醒自己不属于过去,而是属于未来。这样很好。你的人生有许多个十年,但自你二十岁起的这十年,最重要。

在这十年里,你的心境、选择、情怀,将会决定你今后会成为一个怎样的人。你从九岁起,每年都会在同一个本子上写同一段话,为的是监督自己每年练字的成果。十七岁的时候,你发现字体几乎已经没有变化。成长也一样,总会有些时间节点,某些方面会达到相对成熟,之后才是完善和个性化的拓展。

我怎么知道这些?因为我就是十年后的你。

你现在要慎重考虑,是否把这封信完完全全地读下去。我经历了你这十年的所有动荡,我知道你曾经因为得偿所愿狂喜过,记得你被喜欢的人拉着手回家时路上的每一阵风。

我能够给你一些过来人的经验,但你是否要接受,还是决意要自己去看那些无人撑伞的漫长风景,走无人掌灯的阴冷夜路，都在你。我只希望，在你人生关键的瞬间，可以打开这封信，寻求支持和安慰，再也不会因为想要随便找个人发泄心情，却被人看穿你的狼狈和不堪。

二十岁的时候，你大三。大部分课程已经上完了，你每天不是窝在宿舍的床上玩手机，就是去逛街、约会、踏春。你觉得世界那么喧嚣，那么有趣，可以尽情肆意妄为。

你几乎忘掉了大学前两年，每天晚上坚持上自习的样子。你也不屑于过上铺女生那样，白天去听数学系的课程，晚上回来准备跨专业考研或者拿双学位的生活。你也不打算像隔壁宿舍的女生那样，找两份兼职，在奶茶店站一上午，再坐一个半小时的公交，到城市的另一头去给别人上课。你觉得也没必要像班长一样，早早就想清楚自己以后想干什么，然后开始像正式工作那样四处找合适的实习机会，提早进入社会。

你漂亮、开朗，有许多吃喝玩乐的朋友。你不知道，你正在浪费一生中最后一段自由时光，以及一些机会，比如结交能够两肋插刀，哪怕只是耐心地听你说完烦心事的朋友。而且往后，你再也不能快乐地嗨到半夜，第二天关机睡觉想翘课（ban）就翘课（ban）。

如果你知道，一年后你再去找实习，发现许多跟你一样年纪的实习生，已经能够独立操作选题，能够当卧底做深度调查，你自惭形秽的时候，或许当初就不会那么盲目自信。如果

你知道再过几年，你休年假，不管是在家里睡大觉，还是在旖旎风光里流连忘返，一个电话打过来你就必须滚回来工作，或许你会更珍惜大学时光。

人生的前半段有多挥霍，多任性，多不愿意努力，那么后半段，残酷的现实一定会让你哭着补偿回来。这不是危言耸听。用一句流行的话来说就是：自己选择的路，跪着也要走完。

做学生的时候因为要睡懒觉要逛街而逃课，因为要约会要追剧而抄作业，因为失恋因为任何心情不好而把世界放置一边不管不问，把自己的私情绪私状态看得比什么都重要。后来工作了才发现，这个世界上最不重要的就是自己，而别的东西一样都逃不掉。责任逃不掉，负担逃不掉，悲伤也逃不掉。

当生活必须跪着行走的时候，矫情就自动过滤掉了。

后来你工作了。

你买了双可以健步如飞但是不甚美观的翻毛豆豆鞋，结果你只穿过一次，是在接到邀请函出席某场艺术刊物创立的发布会上。

你以为那跟你以往参加的发布会一样，领导坐第一排，后面嘉宾坐三排，记者坐后面，没人会注意到你。那天你走进国贸的宴会厅，两边是着一袭白裙拉小提琴的优雅姑娘，所有来签到的人都穿了正装和礼服，只有你，孤零零地像个丑小鸭。

丑小鸭之所以能变成白天鹅，是因为她本来就是白天鹅。

回去的路上，你买了一双十厘米的高跟鞋，丢掉了那双难看的豆豆鞋。后来，那双鞋你也只穿过一次。那一天，你要去专访国内某知名奢侈品网站的CEO，你穿上自己最贵的连衣裙，十厘米的细跟别在路中间的夹缝里，好不容易才拔出来，结果在人家楼下你又把脚崴了。

张躲躲呐，你选高跟鞋的品位和考量，跟你在工作中的状态，真是一模一样的。矫枉过正，想得太多，又实践得太少。

二十二岁，你刚开始工作，以为人生一半以上的不高兴来自于睡不饱，另一半来自于没钱。

于是你在工作之余接了兼职，每天下班后匆匆吃完晚饭，又打开电脑开始写稿。你资质低，没名气，不敢计较稿酬，只得写写写写写。有时候工作太忙，加班太多，回到家已经十点，你经常写着写着就睡着了。

有一天你半夜醒来，笔记本上电源键发出幽幽的蓝光，你直起腰，发现脖子酸痛得不行。你开始觉得委屈，这个城市匆匆忙忙，慌不择路，随时都要处于备战状态，容不下一点儿私人情绪。这个世界耳目太多，都等着看笑话看颓败，让人没有勇气露出软弱，承认放弃。你说，为什么只有我觉得这么辛苦？

大家劝你，辛苦就多睡一会儿，不开心就不要接，生气了以后就不再合作，迷茫了就停下来想一想，此路不通就转个弯，失败了就多试一次。

你着急地说，不行啊，我答应别人了啊。

张躲躲，你从幼儿园就知道答应别人的事情要做到，你现在是成年人了，在答应前，可不可以请你考虑下自己的体力、精力、能力？在你做成某件事之前，你的痛苦对于别人来说就是一个屁；同样，在你成功的时候，你的喜悦在别人看来也是无关痛痒。你要么与它们相处，要么乖乖地做个睡得饱饱，每天开开心心的美（少）女。最笨的办法就是自怨自艾。

李海鹏说，我不介意偶尔谈论略带诗意的话题而被人嘲笑。王小波也说过，人仅有此生是不够的，他还应该有一个诗意的世界。马尔克斯说，当人类坐着一等车厢而文学只能挤货物车厢的时候，这个世界也就完了。死亡诗社里说，医药，法律，商业，工程，这些都是高尚的理想，并且是维生的必需条件，但是——诗，美，爱，浪漫，这些才是我们生存的理由。

但你和他们一样，只看到"诗和远方"，没有看到你为什么需要忍受眼前的苟且。因为你还没有能力去给生活的本质——也就是诗意的世界——支付诚意。这题目是谁出的？评判标准是什么？怎样才算对？怎么到处都是正确答案。正确答案？真的有吗？我也不知道。我到这个年龄，也还有没看过的世界，大得没有边际，无法想象。

就像你的大学老师在课堂上说的一样：你还年轻，还可以犯错。要是已经看见正轨的尽头是什么，不如偏离它试试看，也不用跟别人比，你们未来要走的路肯定不会一样，终点不止一个，成功不属于同一个人。你、你、你们，都有着各自的可能性。

你做着你喜欢做的事，还觉得十分疲惫，那是因为，你还没有完成维生的基础。我希望你能够在做好一切准备的情况下，再去领略这个世界的诗意，到时候你才会发现，你可以生活得这么满足，而不是像你大三的时候那样，以为年轻就是一切。

二十五岁的时候，坐在你左手边，和你共事了三年的同事离职了。不知为什么，那一年，公司里接二连三地掀起了一场离职潮。不是效益不好，也不是待遇不好，但大家好像纷纷都用了同一种理由：

想换一种生活。

而你在那个时候，连自己想要什么样的生活，都还搞不太清楚。你也有过一段时间的动摇：不再早到公司半小时，不再主动揽下更多的任务，不再积极地提出新的想法。

别着急，我亲爱的姑娘。什么时候你不会因为身边同事离职而怀疑自己的选择，你才会在职场上真正成熟起来。

但是我要提醒你，有件事情可以"跟风"，那就是健身。过了二十五岁，你再也不是"干吃不胖"以及"随便熬到三点钟都没事"的体质了，你可以不必花大钱去健身房请私教，不必每天在朋友圈晒跑步路线和速度，但是起码你要定期锻炼。跑步、快走、游泳、骑单车，在家里也可以抽空做几组平板支撑、深蹲、俯卧撑和仰卧起坐。

你现在就要知道，三十岁后的容颜和身材，都得自己负责了。

二十六岁的时候，你经历了迄今为止最痛的一次分手。

在那之前，你们曾设计过未来一起生活的场景。他虽然有轻微抱怨，这个小区虽然好，但是太贵了，我们买不起。但还是许过你一个无瑕疵的未来。

当你偷看他的 QQ 记录，发现他和那个红颜知己约好，以后聊天在小号上，不让你看见，你的天空就已经有了裂缝。

微博上有个问题问得好：女生是如何发现男友出轨的？下面一大堆评论。女人不仅是天生的侦探，还是天生的大数据分析者。你在看到他和另一个女孩约好一起去丽江的时候，给他留了言：晚上下班早点回来，有事和你说。

然后你就躲在被窝里瑟瑟发抖。世界暗无天日，你明显感觉到心里有个部分关闭了。

后来他问你，沐浴露都要一次次买回过去喜欢的味道，为什么人说丢就丢了，再也不给他机会？

你说，不是每一款你用过的沐浴露都喜欢，也不是每一款爱人你都想留在生命里。

好样的。虽然之后你经历了非常漫长的愈合过程，你在上班的时候总是毫无知觉地掉下眼泪，被人惊讶地询问。你想逃离这座城市，最终没有走成。

你请了个长假，日日在拉上窗帘的房间里昏睡，你不敢在白天出门，不敢见人，你曾在深夜哭醒过来，翻遍电话本都找不到一个合适的倾诉对象。你试着打了一个电话，没人接，第二天对方抱歉地回复：昨晚睡着了。你也只是淡淡地说：我也没什么事。

没有人能够叫醒一个装睡的人。亲爱的张躲躲，倘若你看到这里，正在经历这段过程，我想告诉你，让你自暴自弃的，就算从前是一段好的恋情，现在也不会是了。

有人说："没有和错的人耽误，才叫人长夜清朗，心平气和。"你会在反复认知克服失败感，反复回忆整理心情，重新评估关系之后，成为更好的人。

往事成群结队，伤害是这个世界上唯一没有返程的路。我希望你知道后，后来就不会伤害那个无辜地对你好的男孩。

二十八岁的时候，曾经阻拦你早恋的父母也开始着急，四处为你张罗相亲。你在 N 城的阿姨也问你，要不要去人民公园，那里每个周末都有急切的父母贴上适龄儿女的简介。你轻轻地摇摇头。

我知道你心里的想法，也支持你：接吻是一件顺理成章的事，恋爱也应该是，而婚姻不只是两个差不多的人在一起过日子。故事的开头不应该是：有两个男孩，身高差不多，一个是知识分子家庭，一个是富二代……故事的问题也不应该是：选哪个好？

二十九岁的时候，照例在家过完春节七天假，第二天就要回去上班了。那一晚，奶奶颤巍巍地来到你的房间，看你收拾完行李，从兜里小心翼翼地拿出几个布袋子，一一展开，从里面掏出她当年的嫁妆：金镶玉的项链、金手链、金戒指、玉镯。

"奶奶年纪大了，不知道什么时候就走了，这些本来就是要给你的，你放好。"奶奶看着你把它们再次小心包好，放进抽屉里锁好，才安心地回到自己房间睡觉。

其实你不知道，在你回来之前，她已经连续住了两次院，她不让爸

爸妈妈告诉你，说你上班忙。

微博上曾有人说了一个亲身经历的小故事，大意是这样的：她在和朋友打电话，说最近开始用神仙水，皮肤变光滑了，可能是新陈代谢加快了云云。打完电话，奶奶就悄悄扯了扯她的袖子：你有什么神仙水，也让我喝一口吧。

我知道你去哪都没有怕过，但是家人老了。

十年，用句老套的话说，真是弹指一挥间。想说的话还有很多。多想陪你一起成长，但又知道，有些坎坷最好不要去避开。

年轻的时候最担心的，是"怀才不遇"，你可能会很着急，就像种子发不出芽，花苞未绽先谢。无论在哪个阶段，你没有拥有的东西，都不要太着急。或许本来就不在你能力范围之内，不是有个机会你就能咋的。这个社会不会单独给你一个人恶意，是你太弱了。自己的脸，该扇的时候不要客气。

你可以用人生最好的年华做抵押，担保一个说出来可能会被人嘲笑的梦想。别怕，人生总比绝望长。只不过，一定不要在和生活斗智斗勇的过程中，变得世故和不再纯真。

我其实不太希望，你过早在象牙塔里规划自己以后的工作生涯。如果有可能，我希望你多读几年书。要知道，你会工作一辈子，但能够心无旁骛地沉浸在前人留下的丰盈成果里，也就是这几年了。

人生如籍，世事如书。尼克·霍恩比说，读书，其中一个益处，是能填补个人人生阅历的苍白。别人多少年才走完的路，几十天、几天甚至几小时，如同电影镜头为你回放。那些原本要历经沧桑才能体会的心情，现在却有幸在岁月还未耗逝的时候就一窥究竟。

我站在三十岁的年纪上，其实还有许多迷茫与困惑，那将是下一段旅途要解决的问题。当我们没人疼没人爱的时候，世界好像到处都是忧愁和压力。我们哭出来，缓解一点儿，再往前走一段。很可能一辈子就这样了，也很可能不。但为了这一点儿可能，我觉得我还很需要以后的路。

你也一样。过去无论发生什么，都将为你的梦想注脚。愿你无论什么时候回过头去，都不后悔，不自卑。愿无岁月可回首，且以从容共余生。

人生由你自己来消化

我很爱去一家二十四小时的书店，那里除了有免费阅读区，还有一大特色是墙上贴着的各种各样的"故事贴"。跟大多数奶茶店墙上贴的告白贴不一样，这里每一张纸上都是一个故事。大多是跟无法排解的烦恼有关。

比如——

"三四年前，在一家小公司上班，工资低又总挨老板训，辞了职出来开了家精品店，生意一直平平淡淡，日子也索然无味，逮着个人就开始大吐苦水，特别是男朋友，做了我很久的垃圾桶，现在想起来还觉得有点对不起他。后来他受不了跑掉了，我心情更郁结了，随后我的身体也出现问题，切掉一个卵巢后，母亲的白内障也犯了，我强撑着身体的不适照顾母亲，人生好像到了谷底，我似乎得了忧郁症。"

还有这样的——

"还没拿到毕业证，工作也只能拿实习工资，一天四十块，还不如我下班以后在餐馆收拾碗筷赚的钱多。那家餐馆盘子都贵，一不小心砸碎了一个两个，那天就算白干了。我不想待在这里了，过年回老家可能就不打算过来了。以前计划是四五十岁再回老家，开个小诊所，我爸是市中医院出来的老医生，最近去世了，我也是学医的，我想把他的诊所开下去。"

我有个朋友，在二线城市一个人们艳羡的单位当公务员，月工资据她透露，比我们这些挣扎在一线城市平均线上的，多了不止一倍。

这样的单位，当然不是喝喝茶看看报就能下班的地方，她也累，好几次晚上快十二点才离开单位，她曾笑言，她是她们单位的"灯塔"，她办公室熄了灯，单位的灯才算全灭了。

她的年假很少，但是都攒着去旅行。有时候跟最好的闺密去，更多的时候是自己一个人踏上行程，没有一次是和男朋友一起的。

我问过她为什么，她说，别人的时间总是很难对得上，有时候很累很压抑，就特别想马上找个地方放松一下，不用照顾熟人的情绪，或许还能在旅途中交上一两个合拍的朋友。

"你知道，能够一起旅行的，要多默契才能不'翻脸'。"她摊手说道。

据说日语里有个词叫"成田分手"，就是因为在旅行这种频出状况的高压环境下，不少新婚夫妇蜜月旅行回来，在成田机场直接分手了。

不管对情侣还是关系比较好的朋友而言，因为存在情感因素，不能强硬地运用办公室里训练的 Teamwork 技巧，更容易"火星四溅"。

刚开始，她去一些比较悠闲舒适的地方，比如厦门，在海边踩细沙，听海浪声，到鼓浪屿喂猫，去那些文艺的店铺挑明信片、喝下午茶；或者在丽江，晚上去不同的酒吧喝到不醉不归，白天睡到中午起床，小街小巷都还没什么人，下午坐在小院晒太阳，过一段不紧不慢的时光；春风拂面的时候到江南走走，听琵琶，喝龙井。

如果旅行只是放松，那么就失去了大部分的意义。有一天，我拍了张印有"上班不如种田"字样的搪瓷杯子上传到微博，配文是："下班前一个小时的心情如下。"她给我留言："早就是这样了。"

"从前以为，旅行的意义就在于给工作减压，回来以后才能有勇气继续为柴米油盐奋斗，后来，每次回来没多久又开始厌倦工作和生活，而且，那种旨在放松的旅行能够治愈的时间越来越短，反而让人产生许多不切实际的幻觉。"她告诉我。

后来她去了西藏。在出发前，她就想好，不是为了"洗涤灵魂，沐浴身心"这种假文艺借口，也不再只是抱着"休息一段时间"的目的。她想走更远的地方，想看清楚除了美景，旅行还能带给她什么。

在那根拉山口海拔五千一百九十米的地方，她喘气已经非常困难。她张开大口吸气，鼻腔尽量缓慢地呼气。

从来没有一次旅行这么费力过，当她终于到达俯瞰纳木错的制高点，看到碧蓝得仿佛调到了最高饱和度的湖水，在洁白纤尘不染的雪山下静静躺着的时候，她说，突然明白了康德所说的，人的意识和整个外部世界，以及一切经验与一切事实，都完全从脚下扫除干净了。

我们有什么可依附或坚持的东西？工作？薪水？不得不拿出时间和精力维持的社交？不，这些都不是我们精神的支柱，而恰恰是这些东西，让我们无处安放的灵魂和梦想日日在空中游荡。

为外部活得久了，容忍曲线就容易走低，领导满意你的工作，同事们都还挺喜欢你，薪水加得频繁，生活到这里，肯定还不错，根本无法解释内心充满厌倦的原因所在。

人可以凭借自己的努力和毅力去达到某个高度，但是有些东西，是无法靠自己去完成自我掌控的，比如性格。

性格之于每个人，不是依附着随心所欲形成的东西，而是有另外一套意志力支撑的小铁人，在我们不断地塑造"它"的时候，也是在用个人意志、理性和同情心去和我们的自私、懦弱、傲慢作斗争，这一过程，我们没法自己完成，必须要通过外部援助。

有一天她告诉我，她也去过那家二十四小时书店，也喜欢那些墙上的故事帖，但她更喜欢去翻看那些关于个人旅行的足迹故事——

"我去过最远的地方是非洲，正如我们普通人的印象中西藏是强光、干燥和飞沙走石，非洲之前在我的印象里是沙漠、骆驼、烈日和黑人。当然，网上也有许多揭露在非洲工作是多么'非人'的生活，我没有亲身经历，只是作为一个游客，我感觉还不错。遇到过一个当地司机，五十多岁的样子，他载着我们去了很多地方，每到一处都兴致昂扬地介绍当地的风光，我们问他，总是重复这样的路线不会厌烦吗？他说，你们不知道我做这份工作有多开心，天天都和大自然打交道，每一次再到之前去过的地方，总能发现一些不同的景致。'人生处处都是惊喜，还有更好的生活吗？'他这样说。"

"去年年底，我结束了研究生考试，为这次考试，我耗尽了所有的精力和期望去复习，不敢想象如果落榜了会怎样，或许会直接去找工作吧。在那之前，我想计划一次旅行，就当作奖励自己那场旷日持久的战斗。

"订了去香港的机票，但是航空公司给我打电话，说系统出错，那趟航班其实早就满员，我只好飞去了大理。古城、桃溪谷、沙溪、双廊、诺邓，我从来没有见过这么美的地方。

"我住的小旅馆，有点破，有点挤，但住的都是天南地北的年轻人，我还做了一小段时间的义工，为的是遇见更多不一样的朋友，听更多在家听不到的故事。那段时光，无论天地山川，还是相关的无关的人，都在回应给我正能量。我打定主意，回去以后，如果没考上，我就再考一年，绝不为失败而仓促地去选择一份不喜欢的工作，学术才是我最想走的道路。"

"自从打定主意要离职，就没等到年末，反正我们公司也没年终奖。大年三十，我在越南河内的火车上度过，车厢里哐当哐当响着的，都是破落的孤寂。下了车，路上的摩托车流汹涌如蝗虫，两旁是五光十色的店铺，女孩子最喜欢了，但是又怕被宰被骗，在火车站口东瞄西望，瞅见俩差不多年龄的姑娘，上前一问，嘿，果然是中国人，于是决定结伴同行。

"我们在热火朝天的食肆里，和那些裸露着膀子的男人们一样，随便坐在路边，吃烧烤、喝冰饮料、吃粉。有种叫'蘸酱鱼露'的调味料，闻起来又腥又臭，我们捏着鼻子蘸了送入口，舌尖却萦绕着一股说不出的鲜美。因为那碗鱼露，我们每个人都吃了好几碗海鲜。由于计划的旅程不同，我和那俩女孩第二天就分道扬镳了，她俩走时还给了我打车的十一万越南盾，说真的我差点都忘了。"

"我和老婆打算国庆节骑行去山东烟台玩，从北京出发，沿着国道省道，全程七百五十公里，计划四天完成。当时想的是，吹着海风，奔跑在宽敞平坦的马路上，身边还有最爱的人，实在是件很享受的事。

"第一天确实很兴奋，看到了天津漂亮的白塔，圆锥体造型的旗杆，不过体力消耗太大，晚上睡觉的时候疼得不敢翻身。第二天早上顶着三四级风骑了大半天，两旁都是海，感觉像在海中间骑行，一路有海鸥相伴。下午骑进了一条笔直的路，原先设想的那种在公路上骑行的自由畅快感觉只有一小会，很快意志就会受到严峻考验，因为骑了很久，你眼前始终还是这条直直的公路，甚至路边的树都长得一模一样，很让人崩溃。

"最令人感慨的是在东营看到的黄河入海口，以前在兰州见到的黄河，因为是源头，水量很少，这里就不一样，入海口处黄河骤然变宽，真有种小学课本中说的'奔流到海不复回'的气势。最后快要到达目的地的时候，屁股磨出了硬结，用如坐针毡来形容一点儿都不过分，但是不敢停下来，怕再次骑上去会更痛苦。

"这是以前我想都不敢想的事情，现在我做到了，而且此行让我们夫妻的感情更好了，半路上我右腿肌肉其实已经拉伤，钻心地疼，那段夜路是老婆在前面打了很长一段路程的前阵，我盯着她的小小红色青蛙灯，知道必须坚持下去，那就是我的动力。"

　　旅行的真正意义是什么呢？

　　你不断地遇见未知的事物，未知的困难，未知的人，这些都将不断地观照你的内心，你的缺陷会在不断被冲击中放至最大，你无法再像平静生活里那样自欺欺人。那些事，那些人，或许会给你片刻欢愉，给你自由的感觉，但最重要的是丰富你的个性，回来的时候，不会依然故我。

时间不能治愈的，让旅行去解决。

以前看过一档韩国 TVN 电视台播出的电视剧，叫作《一起吃饭吧》，片尾那首题为《饭》的诗很让人动容，在这里容许我稍微改动一下作为收尾：

与其因为孤单吃很多饭，因为厌倦睡很多觉，因为悲伤哭得很多，不如出去走走，看看有没有更好的解决办法，反正人生都是要由你自己来消化的。

坚持努力，哪怕无人喝彩

【第一个故事】

"你为什么出国，在国内的名牌大学毕业，不是已经找到很好的工作了吗？"

和雅辰即将在岔路口道别的时候，我实在忍不住问。

"其实我找工作之前申请了香港的学校读研，没考上，加上刚跟男友分手，当时只有一个念头，就是想逃出去，到处看看也好。"雅辰若有所思地回忆着，"本来以为外国教育很轻松的。"

在国内是人人夸赞的高才生，出去却从零开始。雅辰语言不好，上了半年语言课，才开始上专业课，好长一段时间都听不懂，一直是班里最落后的那个。第二年又转了另一个专业，还是感觉很难，勉强能听懂课堂内容，做作业却又一头雾水。

"总不能再换个专业吧。"雅辰对自己说，咬咬牙，跌跌撞撞地去学去请教老师和同学。

成长就是在那时加快了速度。

在国内的时候，稍不顺心就甩脸子闹脾气，也总有人哄着，大不了回家躲爸妈港湾里舒服地待一阵；无论去哪，都有家人帮清点行囊，打扫屋子，而自己只需要考虑这条裙子要配什么上衣，美瞳带多少种颜色才够。

出了国，一个人提着两只庞大的行李箱漂泊，一点儿小折腾小委屈都需要听许多好话才能得到安慰；为了不再去趟超市买袋东西就把单车压垮，好不容易考了驾照买了车，第一次开出去就撞凹了人家的后保险杠。

刚开始，雅辰以为是因为自己选的国家、学校和专业，才开启了这么痛苦的蜕变模式，后来和朋友交流，才发现无论去欧洲，澳洲，还是在亚洲其他国家，想要适应环境，都是一样的过程。买菜、做饭、洗衣，兼职打蟑螂，偶尔吃顿中国菜都能当场泪湿。

有时候半夜写完稿，看见雅辰在朋友圈发各种旅游的美照，一袭长裙，在阳光下笑得十分灿烂，或者看见她在微博，转发各种当地知名品牌美衣美妆的打折信息，我就羡慕地评论：生活真美好。她经常飞快地回我说："其实我现在正在苦哈哈地写作业呢，翻翻照片刷刷微博来解闷。"

但是对于雅辰来说，最苦的第一年已经过去了。

第一次租房签合同，第一次给自己买保险，第一次续居留，第一次搬家，第一次在大雨瓢泼的天气里开车上高速公路⋯⋯

走完一个十字路口又一个崎岖小道，那个矜贵又狭隘的自己就这样慢慢成长起来。眼泪啊伤疤啊心痛啊都构成了真正的人生，姿态低到了尘埃里才开出来的花朵，再也不惧怕狂风暴雨，甚至可以坦坦荡荡地热烈庆祝每一次失败，知道自己怎么做才不会重蹈覆辙。

"你知道吗，我交了个美国男朋友。"

雅辰告诉我，刚开始，因为太苦，也想找个同是留学生的中国男生互相依靠，但她很快发现，不是每个留学生都愿意抱团取暖。直到和这个高个子爱笑的美国男孩在一起，她才体会到什么叫"气场相合"，甚至于回过头去看她曾经躲避的那场失恋，都幼稚得有点可笑。

"不过嘛，还是有些难契合的地方，比如饮食习惯，他比较讨厌我在屋里炒菜时的油烟味儿。"雅辰调皮一笑:"来日方长,至少现在,我不再把别人的关爱当作生活必需的挡箭牌啦!"

【第二个故事】

又一次被广播站站长当成个案来批评了。

"播音的时候,话尾不能掉下去,没声没气的。这样你说得憋气,别人在外面听着也憋气。"

小乔沮丧地低着头,硬是把那股想要摔门而去的冲动压制下去了。

"老娘这段日子也憋气,说得憋气你们就听听好啦,不想听的当初别招我啊。"小乔愤愤地在日记里写道。

这个号称全国最好的研究生院,并不是小乔最想来的。她想去的那个学校,凤凰花会开两季,一季新生来,一季新生走。她甚至都已经设想好了,没课的时候到海边去听潮声,秋天的时候要去园博会。天气好的时候在环岛路骑车,从轮渡到另一边的岛屿上听钢琴声。

虽然她已经尽了十二分的努力,但是因为准备时间太短,英语差两分没上那所学校。拖着几大箱行李来到这个小院时,楼外攀满了爬山虎,连窗户几乎都全部被遮住了,一片葱茏,反照着黄昏的阳光。

虽然有无数名人从这里走出去，无限深情地撰文怀念过这个小院，但在小乔看来，这里就像个笼子，禁锢了她曾经幻想过无数次的美好青春。

自从到了这里，不知是刻意还是无意，生活过得没有了时间概念，每天被电话和短信吵醒，可是一点儿充实感都没有，陌生和恐慌反而慢慢地渗进来，就如窗外不知不觉深了的寒意。

很多时候，她一个人去看戏，写歌词，画画，也看晦涩的专业书，因为做这些事的时候心里特别平静，不会乱发脾气，不会焦躁地想找人说话，还能让情绪不自觉地有了出口。

她觉得自己就是靠着这些苟延残喘地守着日子。

第一学期快要结束的时候，小乔突然发起了高烧，连续三天三夜烧到三十九度以上。她反复地做梦，在每个梦里兜兜转转，醒来后头痛欲裂，床褥上都是淋漓的汗湿透的印子。第四天时她身上开始迅速地布满红疹，去医院一检查，才知道是水痘。倒也不是很严重的病，就是真的痛苦。

被隔离在单独一人的宿舍里，身上一整晚一整晚地痒，伴随着持续的高烧。就在这个时候，有朋友告诉小乔，她初恋男友的父亲刚刚因病去世了。当初他们分开得仓促又决绝，她曾经在每年的春节都给他父母发拜年短信，后来他有了女友，她不知用什么身份再问候，他也漫不经心地说，有什么不合适的。

小乔要来了他现在的电话号码，给他发短信，说自己都知道了。

她把"不难过，我会陪着你"几个字打出来了又删掉。她睡觉都要握着手机，以防他半夜伤心了睡不着找不到人说话。而那个男生从始至终都不知道，小乔陪着他说了很多话的夜里，是怎样因水痘发作难受得辗转反侧，咬着牙才熬过了每一分钟，每一个小时。分秒如年，一点儿都不夸张。

小乔慢慢痊愈之后，与那个男孩的短信往来也默契地渐渐少了。如果说再次联系上他也得到即时回应而让小乔有过短暂错觉的话，那么后来，她反而感到很坦然。

曼德拉和甘地陷于囚室，也禁锢不了他们伟大的灵魂。但我们都是普通人，都曾因为得不到的糖果，实现不了的梦想，而一度将自己打入囚笼。没有人能够放你出来，因为钥匙就在你自己手上。也许会遇到一个契机，也许要经过漫长的岁月，你才能从容地走出来。

那一年的圣诞节来得特别早，小乔还在隔离，只能眼巴巴地在班级群里看大家吐槽。过了一会儿，门被敲响了，她打开门，十几个同学站在门外，班长把一小袋包装得十分精美的苹果放到她的手里，有点小抱歉地说："其他同学没有出过水痘，没法一起来看你。""没关系没关系。"小乔一时不知道说什么好，只能拼命地又摆手又点头。

"嘿，在外面听着是很可爱的女声，不错！"小乔病好后回广播站第一次播音，站长拎着水壶笑眯眯地走进来对她说道。

遗憾是一种更高级别的告别，疼痛也是。这一场悠长的梦，终于醒了。小乔想。

【第三个故事】

还差一个月就熬过半年试用期的乐姗，被主管叫到办公室谈过一次话。

转正有什么好处？乐姗也不太清楚。好像是奖金多一点儿，但似乎也没多到特别明显的程度。她平日里身体不好，上一份工作就是因为医生嘱咐她必须得休息半年到一年，才辞掉的。现在这份工作清闲，她想，作为调养身体的过渡期，是再好不过的选择了。

那天下午，主管把她叫到办公室，很严肃地告诉她，上一个季度她的绩效考核分数是部门最低的。

"我注意到你最近总是迟到早退，我们公司虽然没有明确的考勤打卡规定，但你现在还没过试用期，各方面总还是要谨慎些吧。工作态度也是很重要的。"

乐姗从毕业到工作不过才一年多一点儿，没什么经验，猛地被领导单独找去"谈话"，像小时候班主任在众目睽睽之下把她叫出教室训话一样，惶恐不安。

在那之后的一个月，乐姗再也没有踩着点到公司，很多次在茶水间吃完早餐准备回到座位，会恰好跟刚进门的主管打个照面。几乎每一次加班，乐姗都在，哪怕是在周末，临时有事，微信一响，电话一打，她准到位。领导大概最喜欢这样的下属，听话又肯卖力。

试用期结束的考核表上，主管给她评了个 A。

那天，乐姗没有留下来加班。她路过一家小酒吧，进去要了一杯威士忌。她感觉有点饿，又要了一份意粉。服务生给

她拿来酒的时候，又放了一杯橘色的饮料在她桌上："小姐，送你一杯果汁。"其实乐姗也听不太清楚，是一杯"果汁"，还是"饮料"，或是"鸡尾酒"。不过，点了烈性酒的人，也不会太在乎这个吧。

乐姗的男朋友找到她的时候，她伏在酒吧的桌子上，扶她回家，她晕得根本走不稳路，走两步楼梯就要蹲下来吐。后来乐姗说，那是她第一次喝这么高度的酒。在此之前，她从来没有单独一个人去过酒吧。

她脑子里很清醒，没有像一般醉酒的人一样又哭又笑，男朋友小声地问她为什么这么伤心，她什么话都没说。

你以为不是伤心，而是高兴对吗？为终于如愿转正，没有辜负之前的辛苦，喜极而泣？当然不是。因为她第二天到了公司，就递了辞职信。

理想的工作，往往是带着对未来的期待和新鲜感的。它若只是糊口的工具，或者只是过渡期的存在，那么就如一个美女考量伴侣的时候不是凭借真爱，而是纠结房子多少平，会让人内心不安，也是会出问题的。

社会上总是说，女孩子嘛，找份清闲的工作，养得活自己就得了，不用像男人一样拼事业谈理想。然而，工作和生活是分不开的。你选择了什么样的工作，有可能就是选择了怎样的生活。如果你真的随波逐流，那么三十岁的时候，你回过头看自己的人生，一定会感到失落：你竟然没有按照自己的意愿，去争取过想要的生活。

也是过了很久以后，乐姗才有点后悔，其实根本没有必要，为了一时的意气，去争取那次试用期的通过，以及那个考评"A"，不仅给别人增添了麻烦，也浪费了自己的时间和精力。因为那个时候，她刚好错过了最想去的那个杂志社的招聘。

"当你选择了一条想走的路，你会有很多种方式去证明自己，根本不用着急。"乐姗说。